SCHERPT

Rosan Hollak

Scherptediepte

MOZAÏEKROMAN

2012
DE BEZIGE BIJ
AMSTERDAM

Omslagontwerp Esther van Gameren
Omslagbeelden Rosan Hollak, Tim Ayres (linksonder)
en Saul Leiter (midden onder)
Foto auteur Tim Ayres
Vormgeving binnenwerk Aard Bakker
Druk Bariet, Steenwijk
ISBN 978 90 234 6908 7
NUR 301

www.debezigebij.nl

Inhoud

'I see something of myself in everyone
Just at this moment of the world.'

Joni Mitchell, *Hejira*

Dickens Lounge

Ze hebben me verteld dat Charles Dickens hier is geweest. Lang geleden, toen er alleen nog maar gekken en misdadigers op dit eiland waren opgesloten. Grace las ons een keer voor wat hij over dit ziekenhuis schreef: 'De afstotelijke groep mensen die de hallen en galerijen vult bezorgde mij zo'n angst dat ik mijn verblijf zo kort mogelijk heb gehouden.' *Right.* Ha. Ja, hij kon weg, de grote schrijver. Maar ik zit hier. En het is hier heus niet veranderd in al die jaren. O nee. Wij zijn afstotelijk. Allemaal. Wij zijn afzichtelijk. Wij zijn verdorven. *Trash.* Dat is onze misdaad. Ik zie er op een goede dag nog uit als een aangeschoten hond. Met mijn pusoog. En mijn 120 kilo. Ha. Ja, ik weet het, en al lang ook: ik ben een lelijke vrouw. In een rolstoel. Dat hoeven ze me niet te vertellen.

Ik heet Molly Greene. Dat is niet mijn ware naam. *Not really.* Maar het klinkt goed. Molly. Het past bij een vrouw van mijn formaat. En Greene. Daar voel ik me goed bij. Dat is de kleur van de rust. Die naam geeft hoop. Want het is nog niet voorbij. Mijn leven.

Nog niet. En verder: een Molly Greene kan alleen maar een goed hart hebben. Vaak als ik 's avonds in slaap val, stel ik me voor dat mijn moeder me oppakt en met me door de kamer loopt. Ik huil, maar ze sust me, met fluisterende woordjes, en wiegt me in slaap. Dan zegt ze tegen me: 'Stil maar baby, stil maar liefje... Hey!... De wereld is mooi. Want jij bent er. Je tranen zijn niet nodig, lieverd. Stil... *little one*... stil...'

Vaak als ik aan haar denk, lig ik op mijn linkerzij. Dan heb ik minder last van het zuur in mijn maag. Ik vouw mijn benen op en maak me klein. Zo klein als ik kan zijn. Ik tel mijn vetrollen van boven naar beneden en van beneden naar boven en knijp in de kleine pukkeltjes op mijn bovenarmen. Dan stel ik me voor hoe ze eruit moet hebben gezien. Ik begin met haar armen. Die zijn groot en stevig en zwart als de nacht. Ze is zwarter dan ik, mijn moeder. Ik voel haar borsten tegen mijn bolle babybuik. Ze draagt een roze jurk, van glad satijn, het soort jurk dat de vrouwen in de kerk dragen. Haar haren zijn opgestoken, strak, met veel vet tegen het krullen. Ze heeft grote gouden oorbellen in haar oren en ze ruikt lekker, naar sandelhout en vanille. Maar als ik haar gezicht wil zien, lukt het niet. Ik zie een mond, ik voel haar lippen tegen mijn wang, terwijl ze fluistert, maar dan, altijd dan, zak ik weg. Ik val in slaap. Ik wil mijn moeder nog even vasthouden, maar ik glij weg. In de warmte, mijn eigen warmte. Ze zingt:

Er zijn kersen
en rozen
en alles heeft
de kleur van de liefde

Eigenlijk is het wel fijn, hier op de gang. Het ruikt naar chloor en kaneelkauwgum en Cheerios. Het is stil, doodstil. Alleen soms, heel ver weg, over het water, hoor ik vanaf Manhattan de sirenes loeien. En de eekhoorns buiten, voor de ramen, ze ritselen en bewegen – *pok pok* – zachtjes met hun pootjes over de vensterbanken. Pas om acht uur beginnen ze te lopen, de verplegers, de dokters en de anderen. 'Ze komen uit hun spelonken,' zegt Bashir altijd. Daar moet ik vreselijk om lachen. Ik stel me dan voor dat alle patiënten zijn veranderd in enorme kevers en insecten, die uit de scheuren van de muren kruipen en elkaar met hun lange tentakels lastigvallen. Ze willen naar mij en Bashir toe kruipen, maar het lukt niet, want onderweg raken ze met hun dunne poten en voelsprieten verward in een grote knoop, midden in de gang. En Bashir en ik, we rennen weg uit het ziekenhuis, ver weg van iedereen.

Ik zit hier, elke dag, om zes uur. *I have to.* Ik kan niet slapen. Niet meer. Elke ochtend als ik wakker word in dat krappe bed, denk ik: en nu val ik weer in slaap. Maar het gaat niet. *No sister*, het lukt niet. Ik doe mijn ogen open en denk: ik weet niet waar ik ben. Ik zie de lichtgroene muren, ik ruik de geur van schoonmaakmiddel en medicijnen, ik voel de pijn in mijn benen, en dan schiet het door mijn hoofd: er is iets veranderd. Ik zit hier. Ik ben alleen. In dit stinkziekenhuis met zijn stinkpatiënten en zijn stinkvoedsel en al die stinkmedicijnen. IK GA HIER NOOIT MEER WEG. *Never ever.* Molly zit vast. *Damn.* Molly zit vast-vast-vast. Dat had-had-had ze niet gedacht. En dan voelt het alsof er iets klem zit in mijn keel. Maar als ik drie keer slik-slik-slik, dan ben ik wakker. Dan moet ik opstaan.

Iedereen slaapt nog, dus ik moet mijzelf in de rolstoel hijsen. Dat lukt, omdat ik de zijkant van mijn stoel met twee touwtjes aan het bed heb vastgebonden. Dan kan hij niet wegrollen. Mijn rolstoel heeft geen rem, die is stuk. Dus moet het zo, met touwtjes. Wat ik doe is dit: ik pak mijn benen en laat ze over de rand van het bed vallen. Dan duw ik me met mijn armen omhoog en laat mijn vette kont boven de rolstoel hangen. En dan: plof. Daar ben ik. *Da bitch has landed.* Met een beetje geluk is niemand wakker geworden. Ik kan zachtjes de slaapzaal verlaten.

Ik ga altijd eerst naar de wc. Dat kan ik zelf, God-zij-geloofd-en-geprezen. Dan hijs ik mijn *big fat booty* boven de pot en wacht tot het komt. Soms kan ik alleen maar plassen. Daarna terug in de stoel. Ik rol mijzelf naar de gang, door de hal, langs de keuken, en ga, vlak bij de eetzaal, achter de klapdeuren zitten. Dan doe ik mijn ogen dicht en denk aan Bashir en hoe ik hem wakker ga kussen. Want dat ga ik doen, *for real*, wat ze ook zeggen, wat ze ook denken, dat is wat ik doe. En dan ben ik gelukkig, zolang ik niet word gestoord natuurlijk, maar dat gebeurt altijd hier. Altijd. Vroeger kon je de deur dichtdoen en de telefoon uitzetten. Maar dat kan hier niet. Ze achtervolgen je. Overal. Bennie en Tommy Womack en Mr. Bees. Met hun glibberige voelsprieten kriebelen ze je, hun slijmerige tongen laten ze naar buiten hangen. Ze zeggen: '*Hey baby, hey darlin'!*' Ze likken in de lucht, grijpen in hun insectenkruis en knijpen in mijn armen.

Er is hier veel haat. Bennie, Mr. Bees, ze denken dat ze allemaal beter zijn dan de anderen. Met hun lelijke koppen. Dat krijg je als je een stel kreupelen en idioten bij elkaar zet. Mensen willen zich altijd onderscheiden. Hoe doen ze dat? Door te katten en te zeuren en te zeiken. Door zich beter te voelen dan een ander. Door als een stel sluipwespen over elkaar heen te krioelen en elkaar het licht in de ogen te misgunnen. Maar waarom eigenlijk? Wij zitten hier toch allemaal vast? Wij zijn allemaal mislukkelingen. Wij lijden allemaal. Waarom zouden we elkaar de hand niet reiken? *Ah-huh. No no.* Zo werkt het niet. *Nah.* Het verbaast Molly elke keer. Terwijl iedereen toch weet: wie slechte zaden verspreidt... nou ja, daarmee loopt het verkeerd af. Zo staat het in het heilige boek.

Mensen zijn vaak jaloers. Ze zeggen dat Bashir en ik geld hebben, omdat we ons goed kleden. *We got style, you know.* Ze zeggen dat wij drugs verkopen of dat we contacten hebben met de buitenwereld. Allemaal onzin. Praatjes. Wij kennen niemand. Wij zijn met elkaar. We zien er goed uit. Vanaf het moment dat we samen waren besloten we ons mooi te maken, voor elkaar en voor de Heer, want ook Hij eist een beetje beschaving in dit godvergeten oord. Maar ze hebben ons altijd gepest. Ze doen altijd neerbuigend. Vooral larf Bennie. Ik haat hem. Bennie Boogieman. Bennie-zonder-benen. Dan komen we de recreatieruimte binnen waar de mannen aan het biljarten zijn. *Tackidy tackidy tap tap tap.* Ze doen nooit iets anders. Bennie ligt op zijn buik op het tafeltje met wielen, een biljartstok naast hem. Ze rijden hem om de biljarttafel heen, zodat hij de bal kan schieten. Altijd raak natuurlijk. Ha, wat wil je, Bennie doet dit al zeven jaar. Altijd raak. Maar als wij binnenkomen, stopt hij onmiddellijk. Hij roept: 'Hey!' Hij maant iedereen tot stilte. Dan duwt hij zijn bovenlichaam omhoog, gaat op zijn elleboog leunen en zegt: 'Oooohhh... oh, *look*! Daar hebben we het bruidspaar! Waar gaan we heen? Waar gaat de huwelijksreis vandaag naartoe? Vietnam of Korea? Pas op, hoor, anders liggen jullie er binnenkort net zo bij als ik. Of, nee... ik weet 't al: Irak, nee, Afghanistan!! Daar heb je pas mooi vuurwerk, huh, Bashir?'

Ik negeer hem meestal, maar soms word ik boos. Dan zeg ik: 'Pas op, Bennie, straks valt je KONT er ook nog af. Waar moet al die stront die in je zit dan heen! Huh?!' Dan lachen de mannen. Dan wordt Bennie pas echt kwaad. Hij begint me uit te schelden: 'Lelijke vetkwab! *Stupid black bitch. Grab my dick.* Jouw stront hebben ze aan de buitenkant gesmeerd! Dikke zeerover!' Zo noemt hij me vaak, omdat ik soms, als mijn oog te veel pijn doet en ik het er niet in kan stoppen, een zwart lapje draag. Ik voel me stom, met dat lapje, ik heb liever mijn oog in. Maar soms is het zo vreselijk droog. Dan huil ik pus. Bashir heeft altijd doekjes bij zich. In zijn tas. Ah. Bashir is *my angel.* En hij blijft mijn engel, altijd. Ik ken zijn gedicht al meer dan een jaar uit mijn hoofd. Sinds het is gebeurd en ik niet meer kan slapen en hier op de gang zit, zeg ik de woorden hardop. *It keeps me going.* Het helpt me de ochtend door te komen.

Mijn liefje komt de kamer in
's ochtends als ik slaap
Trekt aan mijn teen
wekt me zachtjes
Een tinteling kruipt naar boven
Langs mijn benen over mijn buik
Over mijn borst, mijn hoofd
Langzaam gaan mijn ogen open
Goedemorgen

Echt waar
Daar is mijn liefje

Elke dag, om halfnegen, als iedereen in de eetzaal is, ga ik naar Bashir. Dat is wat ik doe, dat is wat ik altijd heb gedaan. Hij mag langer slapen. Ze laten hem. Bashir is een echte heer, zeggen de zusters. Ze vinden hem aardig, hij maakt ze vrolijk. Dus mag hij slapen, mijn luie man, tot ik kom en zeg dat het tijd is: laten we de dag begroeten. Bashir is grappig, altijd zegt hij iets mafs, of iets liefs, maar in de ochtend is hij meestal stil. Nare dromen, dat is het. Hij kan nooit uitleggen wat hij ziet, meestal is het een gevoel. Soms zegt hij: 'Het maakt me bang, baby, het is er nog donkerder dan het al is.' Dan wiegt hij zichzelf heen en weer. Hij vraagt: 'Is er iemand?' Als ik dan zeg dat iedereen van de afdeling al beneden is of dat ik alleen nog de dove meneer Lang Kwok zie zitten, gaat hij huilen. Bashir huilt alleen bij mij. Deed-ie altijd al, vanaf het begin. Dat is goed. Het spoelt zijn arme ogen schoon. Vaak wens ik dat. Dat hij alle vuiligheid weg kan huilen. Dan zou hij ineens de wereld weer kunnen zien. Maar zo werkt het niet.

Mijn lief heeft glaucoom. Zijn eerste gedicht ging daarover. Ik moest zo lachen. De eerste les kwam Bashir als laatste de klas binnen. Ik kende hem nog niet. En toen vroeg Julia of hij er al eens eentje had geschreven. Bashir vroeg: 'Wat?' En Julia zei: 'Een gedicht.' En toen zei Bashir: 'O ja. Absoluut. En dit hoeft niet op papier. Dit zit in mijn hoofd.' Hij ging midden in de zaal staan, strekte zijn armen uit en zei:

I have glaucoma
I can't see ya

Ik moest lachen. Heel hard. En Bashir keek naar mij. Ik denk dat hij een grote donkere trillende massa zag. Dat was ik. Molly. Later zei hij dat het door mijn lach kwam. Dat hij daardoor wilde weten hoe mijn hoofd er vanbinnen uitziet. *My angel. Yeah.* En hij houdt van mij. *For real.* Van al mijn 120 kilo. *Ah-huh.* Een en al schatje.

Die avond vertelde Bashir me op de slaapzaal hoe het vijf jaar geleden begon. Het jeukte, de hele dag door. Hij haalde oogdruppels. Want als portier moet je geen last hebben van je ogen. *Oh no.* Je moet weten wie er naar binnen en naar buiten gaan. Hij zei niets tegen niemand. Hij vond dat geen levende ziel op deze planeet mocht weten dat de mensen meer en meer op schaduwen begonnen te lijken. Het was vaak mistig, op straat en in de hal en de lift. Hij stopte steeds meer druppels in zijn ogen, ging steeds meer knipperen. Als hij naar buiten liep, deed hij een zonnebril op zodat hij de mist minder zag. Thuis deed hij alle lampen uit zodat het allemaal niet waar leek, en hij wreef, druppelde en wreef. Hij deed druppels in zijn ogen voor het slapengaan en bij het opstaan en vervolgens druppelde hij de hele tijd en toen op een ochtend was alles grijs. En de volgende dag waren er telkens wolken, grijze wolken. En nu zijn die er altijd. De ene dag zijn ze dik en donker, soms is het meer een soort mist. En af en toe, zegt hij, schijnt de zon. Dan ziet hij mij: 'Een beetje, baby.' Dan heeft hij een goede dag.

Als ik straks naar Bashir ga, dan heeft hij vast wel zin om op te staan. Het moet. Vandaag. Het is vandaag een goeie dag, ik voel het. Meestal vraagt hij: 'Wat heb je aan, lieverd?' Dan vertel ik hem dat ik mijn zwarte broek aanheb met mijn zwarte trui of dat ik mijn zwarte broek draag met mijn zwarte T-shirt. Of dat ik weer eens geen zuster kon vinden en nog steeds mijn pyjama draag. Als ik al ben aangekleed, zegt hij: '*Yo*, baby, zal ik ook iets zwarts aandoen? Dan kleuren we goed samen!' Ha. Altijd dezelfde grap. Bashir draagt Kingz-designerjeans, hij heeft K-Swiss-gympen met gouden letters. *He likes the Gucci, that Fendi and that Prada. Oh yeah.* Hij heeft ook een wit overhemd, want hij weet wat een man goed staat. 'Wil je het aan?' vraag ik elke keer. Ik zeg het expres. Zodat hij weet dat ik het weet en dat hij weet dat ik het begrijp.

Het hangt er al vier jaar, gestreken, in plastic. Maar Jamal en Aïsha komen nooit. Een paar keer hebben ze gebeld. Ze zeiden: We zijn er vanmiddag. De eerste keer had Bashir zijn overhemd aangetrokken. Geen bezoek. Ook niet de volgende middag. En ze belden niet. Nu draagt hij dat overhemd niet meer. En hij wil er niet over praten. Het hangt in het plastic. *And that's it.* Ik weet dat hij Aïsha soms *birdy* noemt en dat hij een paar gedichten over haar heeft geschreven. Maar hij heeft ze nooit voorgelezen in de les. Ooit liet hij een foto van Jamal zien. Een lange dunne jongen met een basketbal onder zijn arm. Meer weet ik niet. *Oh no.* We praten niet over vroeger. *Not anymore.* Dat is beter. We zitten hier toch vast. *Like gin and juice.* Als we praten, praten we over ons. Dat hebben we altijd gedaan. En als we schrijven, schrijven we gedichten, over ons, samen met de andere miskleunen. We laten onze voelsprieten kriebelen in de lucht.

Ik hou van de woensdag. Dan is er rust. Alleen de ergste gevallen mogen naar de poëzieklas. Geen Bennie-met-zijn-grote-bek, godzijdank, maar slechts de verlamden, de gevallen met hun gesprongen hersenen, degenen die geen boe of bah meer zeggen maar die waarschijnlijk nog wel kunnen nadenken, die nog een heel universum achter hun stalen gezichten verbergen. Bashir en ik zijn de enigen die er niet zo erg aan toe zijn. Maar ze lieten ons toch toe, wij mogen ook gedichten schrijven, omdat ze ons beschaafd vinden.

Op woensdag hebben we Grace. Ze komt van buiten, ze ruikt naar de stad en naar de wind omdat ze met het pontje naar het eiland komt. Ze is de leukste van alle studenten. Harry is oké, Jennifer is *a cutie*, maar altijd bezig met Vanessa Linkervoet. Grace heeft wel tijd. Ze is slim, ze leert mij over dingen na te denken. Soms snap ik het ineens. Begrijp ik wat goed en slecht is. *Yunno.* Ze zorgt er gewoon voor dat ik helder kan denken. En ze zegt slimme en mooie dingen over dooie dichters. En dat allemaal gewoon, zomaar. Omdat ze ons wil helpen.

Bashir heeft wel gelijk als hij zegt: Het zijn maar literatuurstudenten, die komen hier even naar ons kijken. Ze leggen ons dingen uit en pikken ondertussen ons leven in. Ze observeren ons, alsof we apen zijn. De ellende in de wereld leren ze van ons. Wij zitten hier opgesloten in het ziekenhuis, ziek te zijn. En onze ellende nemen ze mee en dan schrijven zij, ver weg hiervandaan, mooie verhalen over ons.

They're the world, we're just a song

En dan staan ze daar, op een hippe borrel *in their fancy clothes*, en dan vertellen ze dat het zo geweldig was om met ons, de verschoppelingen, te zijn. En dat ze zoveel hebben geleerd, over zichzelf. Dat het leven eigenlijk heel hard is. Eigenlijk.

Als Bashir zo tekeergaat, dan protesteer ik, dan zeg ik: *No*. Niet Gracie. Zij heeft een zuivere ziel. Zij zegt: Poëzie bevrijdt de geest. En ik geloof in de geest. De tweede keer dat de studenten kwamen hadden ze een dichtbundel mee van een dichter uit Ierland. Hij heeft veel geschreven. En nu is-ie dood. Het klonk deftig, het gedicht dat Harry voorlas. Het waren een soort rollende zinnen. Ik snapte het niet echt. Het ging over een herder die zich rot voelde en toen aan de sterren en de dauwdruppels en een schelp op het strand iets wilde vertellen. Het klonk wel goed, de manier waarop de woorden in een soort ritme vielen, *like rap, like words of tha Doggfather*, het deed me denken aan schommelen en aan mijn bed en aan het moment dat ik in slaap val. Zoiets.

Toen vroeg Harry aan de klas of we er iets over wilden zeggen. Maar ik had geen zin. En de enige andere persoon die ook normaal kan praten is Bashir. Maar die was er die dag niet, hij voelde zich niet goed. En toen wilde Vanessa Linkervoet er iets over zeggen met haar lamme lijf en vond Harry dat hij beleefd moest zijn, dus pakte hij het stuk papier waar het alfabet op staat geschreven en moesten wij allemaal een kwartier gaan wachten op Vanessa, die vier letters met haar teen aanwees. N... I... C... E... Een heel leuk gedicht. Toen stond Harry ineens met zijn mond vol tanden. Hij wist het echt even niet meer, dus besloot hij het gedicht nog maar een keer voor te lezen. En toen begreep ik het. Die man in dat gedicht, die leek eigenlijk wel op mij. Of ik leek op hem. Hij probeerde namelijk dat-wat-hem-pijn-doet aan de wereld uit te leggen.

Maar de wereld wilde helemaal niet horen over dat-wat-hem-pijn-doet. En dat is het gewoon. Zo werkt het. Iedereen is alleen. En weet je wat zo raar was? Op het moment dat ik daarover nadacht werd ik blij. Ik weet niet waarom. Want mijn bestaan is hopeloos, een puinhoop, een zooitje. Altijd geweest. Ik heb het nooit begrepen, waarom ik dit leven heb. Maar het is zo. *That's why I call myself Molly.*

Ik heb een keer alles aan Bashir verteld. Alleen aan hem. *My angel.* Ik moest erg huilen toen ik het vertelde. Over het oog. Dat was mijn geheim. *Molly's secret.* Iedereen denkt dat ik ben geboren met een slecht oog en dat ze me wel tig keer hebben geopereerd, maar dat het niet te redden viel. En dat ze het er toen maar uit hebben gehaald. Maar niemand weet dat ik de duivel heb gekend. En hij blijft komen, nog steeds, in mijn dromen. Elke keer gebeurt weer hetzelfde.

De geur van uien. Als ik dat ruik, moet ik overgeven. Het begint altijd in de tuin, waar ik vlees sta te bakken. Eigenlijk is het geen tuin, meer een grasveldje, voor ons huis in Woodridge. Soms kwamen de kinderen uit de straat, de buren, maar die avond waren Sol en ik alleen. Laila was aan het schommelen, ze neuriede, ze was blij. Af en toe was het goed, waren we een echte familie, maar ik wist dat het ineens voorbij kon zijn. *My life, a dream.* Zo is het altijd geweest met Sol. Zijn woede kwam niet van hier. Sommige mensen zijn zwart vanbinnen. Inktzwart. Ze zijn zo gemaakt. Zij proberen, zij strijden, en soms, als ze geluk hebben, vinden ze iemand die hen kan omarmen, die hun vertelt dat ze boos mogen zijn, maar dat er ook goede dingen bestaan die niet altijd weggaan. En als ze dan vertrouwen hebben, dan kunnen ze hun hart openen. Een beetje. Maar soms heeft iemand helemaal geen ziel. Zo iemand was Sol. En ik wist het niet. Solly. Hij was de perfecte man voor Molly. Aha. Veel zoete woorden en hij hield van elke gram. *Molly was so hot.*

Later hebben ze wel tegen mij gezegd: Je kon het in zijn ogen zien. En Sol wist het, hij begreep al snel dat de mensen hem niet konden accepteren, als je het niet hebt. Gevoel. Dus deed hij alsof. Je moet houden van je vader en je moeder en je broers en je zussen en je moet beleefd zijn tegen de buren en de bakker en je baas. En als je met een vrouw wilt zijn, dan moet je haar zoete praatjes verkopen. En dat kon Sol. *Sweet. Sooooo sweet.* Zoet als aardbeiensiroop waar de wespen in verdrinken. Zoet als twee tongen tussen mijn benen. *Ah-huh.* Ik durf er niet vaak aan te denken, maar Sols tong was de grote verleider, een rasp van goud, hij wist de weg en draaide eromheen tot ik alleen maar kon gillen en huilen. Dan wist Sol: deze 120 kilo zijn van mij.

Ja, ik weet, de insecten in dit ziekenhuis kijken naar mij en denken: zij is niemand. Ze knabbelen aan elkaars oren, fluisteren roddels aan elkaar door, zeggen dat niemand zo zwart en mislukt is als ik. Maar dat is niet waar. Ik ben een vrouw geweest. *A natural woman.* Met hart en ziel ben ik bemind. Volledig. En dan was het goed. Ik kende vele mannen. En zij kenden mij. Want Molly woonde op vele plekken, maar waar ze kwam kon ze heel verleidelijk zijn. Met haar ronde dijen en haar lange gelakte paarse nagels. *Sparkling purple.* Dat was mijn kleurtje.

Ik durfde wel een praatje te maken, zomaar, in de bar. En ik kon drinken. En hard lachen. *Like a lion.* Dat vonden ze leuk, de mannen. En dan werd Molly bemind. Van voren en van achteren. Maar nooit lang. Aha. Alleen Sol. Hij bleef bij Molly. Maar Sol was zwart vanbinnen. Pikzwart. Hij was zo geboren. Hij had zenuwen die nooit tot rust konden komen.

Hij kon er niet tegen als ze moest huilen. Ik moest haar van hem weghouden. Vaak hoorde ik al aan de manier waarop hij de sleutel in het slot stak dat het mis was. *Yeah.* Mij mag je gebruiken als een boksbal, je mag mij schoppen, mij aan mijn haren over de grond slepen. Molly kan je niet verslaan. Maar kom niet aan mijn baby. Ik ben niet zoals mijn moeder. Ik zou mijn kind nooit wegdoen. Ik zet geen adoptiekind op de wereld. O nee. Het enige wat ik vroeg was of Laila rustig kon slapen 's nachts. Dat ze niet meer wakker werd van ons. Ik zei: 'Alsjeblieft schatje, Sol alsjeblieft, wees niet boos op het meisje, ze is moe,

Sol. Kinderen huilen, Sol. *Please, baby, please.*' Maar Sol sneed uien. En hij zweeg. Hij zei: 'Ga het vlees bakken.' En in de tuin vroeg ik nog een keer: 'Alsjeblieft, schatje?' En toen stormde hij naar buiten. Hij kwam op me af en gilde: 'Wat-wil-je-dan-doen-huh? Ga-je-de-politie-bellen-dan-huh? Is-dat-wat-je gaat-doen? Weet-je-wat-ik-zal-doen-huh? Ik-zorg-er-wel-voor-dat-je-een-reden-krijgt-om-de-politie-te-bellen!'

Het mes stonk naar uien. Hij wilde het in mijn maag steken, want baby's, die mocht ik zeker niet meer krijgen. Ik rende weg, ik struikelde, ik dook ineen en toen zag ik het recht op mijn gezicht afkomen. Het laatste wat ik zag was Laila op de schommel.

De maanden daarna was alles zwart. In mijn hoofd. In mijn hart. Ik lag weken in het ziekenhuis, ik kreeg medicijnen, tegen de pijn, en ik sliep, bijna de hele dag. De dokters zeiden dat ik uitgeput was, dat ik rust nodig had omdat mijn lichaam een schok had gekregen. Ze zeiden dat ik moest slapen; als ik een beetje was uitgerust mocht ik Laila zien. Het was vreselijk. Echt vreselijk. Want ook al was ik zo moe, ik wilde haar zien, mijn kleine meid. Ik wilde weten of het allemaal wel goed ging met haar. Ik was bang. Vreselijk bang. Vaak gilde ik, 's nachts, heel hard. Dan kwam de zuster en dan vroeg ik aan haar: 'Waar is mijn kleine meid? Wie zorgt er nu voor haar? Waar is Sol? Laat hem niet alleen met haar!' Dan aaide de zuster me over mijn hoofd en zei dat ik rustig moest worden. Ze spoot soms via het infuus iets in mijn arm. Dan viel ik ineens weg, in een zachte wereld van wolken.

Ik weet niet hoe lang ik daar lag, in dat bed, met een wit verband voor mijn oog, totdat de dokter kwam. Het was een grote man, zwart, net zo zwart als Sol, alleen keek hij anders uit zijn ogen: aardig, zacht, ja, *human*. Hij kwam bij me zitten. Hij zei dat hij me een paar dingen moest vertellen. Hij legde zijn hand op mijn arm. Hij zei wat ik al wist: dat ik nooit meer zou zien met mijn linkeroog. Dat deed pijn, ik werd er verdrietig van, ik vond het heel erg. Maar het was nog niets. Als ik toen geweten had wat hij daarna zou gaan zeggen, dan had ik hem gevraagd: hou je mond, wees nu stil, zet alsjeblieft de tijd stil, doe het nu, voor altijd.

Maar dat deed de dokter niet. *No no. Aha.* Welnee. Molly moest meer horen, nog meer, om daarna de diepste pijn te voelen die ze ooit heeft gekend. Hij zei dat Sol me niet alleen in mijn oog had gestoken maar ook in mijn benen en in mijn buik toen ik bewusteloos op de grond lag, en dat ik daarom niet meer zou kunnen lopen. En toen kwam de bonus. De klapper. De grote prijs. De dokter zei: 'Mevrouw. U heeft het. *The virus*. We moesten uw bloed testen. En toen zagen we het. U bent ziek, mevrouw. En dat is een vreselijk probleem. Want u heeft geld nodig, voor medicijnen, maar dat heeft u niet. En u heeft hulp nodig, want hoe moet u nu leven, zo ziek en zonder werk?' Toen ging hij weg.

Twee uur later kwam er een mevrouw. Ze zei dat ze veel wist over 'dit soort situaties'. Ze zei dat ze hadden nagedacht over wie er voor mijn dochter kon zorgen. 'Uw situatie, mevrouw, ziet er niet goed uit.' Ze noemde het 'disfunctioneel gezin'. En dat het beter was, nu ik het virus had en de wereld nog maar vanuit twee dimensies kon zien, als Laila naar een pleeggezin zou gaan. 'Dan komt zij ook tot rust, *your little girl*. Dat is goed. U moet dat doen. Voor haar.'

Toen ben ik gaan gillen. Heel hard gaan gillen, zo hard en hoog als ik kon. Ik wilde niet meer stoppen. Alles in mij zei maar één ding: NOOIT. Ik mocht dan zelf niemand zijn, ik wilde nog wel altijd iets geven. Aha. Jaja. Liefde. Jaja. Toen ik mijn kleine meisje kreeg, wist ik één ding heel zeker. Ik voelde: dit kan ik. Ik heb nooit iets gekund. Maar dit kan ik. Voor haar kan ik alles zijn, alles doen. De wereld kan altijd beter, ook al heb je het zelf slecht gehad. Aha. Jaja. Dus ik gilde. Keihard. En de tranen stroomden over mijn wangen. Ik huilde uit mijn lege oog. Toen kwam er weer een zuster en die gaf mij een prik. Daarna zat ik weer tussen de zachte wolken.

Ik kreeg allemaal mensen aan mijn bed. Vreemden. Ze gaven mij advies. De een zei dat het allemaal beter was, voor mij, voor Laila. De ander zei: Het klopt niet. Ga naar een advocaat. *Fight. Do something.* Maar ik kon het niet. Er was iets gebeurd. In mij. Het voelde alsof alles hol was. Ik had ook het idee dat ik mij niet meer kon bewegen. Ik was helemaal lam. Omdat ik het niet kon geloven. Ik kon het niet geloven. De duivel had in één keer alles meegenomen. *Everything.* En hij had me niet gewaarschuwd. Ik kreeg zomaar het slechtste bericht ooit. De grootste straf. En ik begreep het niet. Echt niet.

Toen Laila kwam om afscheid te nemen, heb ik haar gezicht gepakt. Ik zei: 'God zegene je, mijn kind, *my baby*, mijn allergrootste liefde.' Ik fluisterde: 'Wees goed voor alle mensen om je heen. Vergeet niet dat ik je al mijn liefde heb gegeven.' En toen dacht ik: ga, mijn liefje, naar een betere wereld en kom niet meer terug. Laat mij alleen doodgaan.

Please.

De dag nadat mijn hart was gebroken kreeg ik een zenuwinzinking. Mooi woord. Ha. Want sindsdien ben ik gezonken. Weken heb ik niet meer geweten wat er is gebeurd. Tot ze me naar deze afdeling brachten. De afdeling van de hopeloze-gevallen-zonder-toekomst. 'Dickens Lounge' noemt Bashir het hier. En nu moeten we maar wachten. Waarop weet ik niet. Ik krijg wel medicijnen, maar ik word niet meer beter. *Oh no.* Ik zit hier, en ik heb geen geld om ooit nog een huis te kunnen huren. En Laila... ze is wat ze nooit had mogen zijn: alleen.

Ik probeer er niet aan te denken als ik 's ochtends op de gang zit. Ik probeer het verleden te vergeten. Nu, hier op de gang, denk ik alleen aan Bashir. Aan hoe ik hem straks wakker maak en hoe wij ons waardig gaan gedragen. Aan hoe wij ons niet laten meesleuren door de haat en de jaloezie van de dag. Als het lukt. Het is altijd zo moeilijk geweest om het goed te houden. Alles. Het leven. Mijn leven. Ha. Ja, ik geef het toe. Molly is bang. Ik ben bang om gelukkig te zijn. Want voorheen ging alles altijd fout. Ik weet heus wel dat niet iedereen met een gouden lepel in de mond wordt geboren. En dat je niet te veel moet verwachten en dat je het geluk zelf moet afdwingen. Dat je oogst wat je zaait. Heus, Molly voelt zich nergens te goed voor, o nee. En heus, ik bid veel. Nu ook. Ik bid voor Bashir. Opdat hij zo wakker wordt en mij aankijkt en zegt: '*Hey, look*, echt waar. Daar is mijn schatje.' Ja, ik bid voor deze dag. Maar ja, Molly kan niet alles.

Laatst maakte ik me klaar om naar de kerk te gaan. Er is een kleine kapel in het ziekenhuis waar de mis wordt opgedragen door vader Nicolas. Ik voel me niet zo op mijn gemak bij hem, hij is erg blank en afstandelijk, en hij leest voor alsof hij net een te zoet koekje in zijn mond heeft gestopt. Maar hij spreekt tenminste over God. En dat is waar het om draait. *The Lord, oh yes.* Ik had mijn mooiste T-shirt aan. Mijn joggingbroek was net gewassen, net als mijn haar. Ik rook lekker. Ik voelde me goed. Maar toen ik bij de kapel kwam, waren de deuren dicht. Er hing een briefje: *Vader Nicolas is wegens een sterfgeval vandaag niet aanwezig.* Ik trok het niet. Ik ging naar het damestoilet en keek naar mezelf in de spiegel. Ik zag mezelf. Molly. 120 kilo. In mijn haar zat roos. Ik was zo lelijk. Zo afzichtelijk. Ik vroeg aan de spiegel: 'Wat moet ik doen?' Maar ik kreeg geen antwoord. Ik zei: 'De insecten maken me gek!' Maar ik kreeg geen antwoord. Toen zette ik mijn walkman op. Ik wist: het heeft geen enkele zin. De batterijen waren op. Het cassettebandje vastgelopen. Ik word erom uitgelachen. Dat oude ding. Maar ik heb geen geld om zo'n hip plat ding te kopen en Bashir is ook blut. Die was al maanden blut. Ha. Maar ik wist echt niet wat ik anders kon doen. Haha. Dus ik drukte op play. En toen. Toen was er muziek. Helder en duidelijk en mooi en Al Green zong:

Jesus is waiting
If you're broken down
Jesus is waiting, hey yea
Don't let yourself down
Oh, He's standing right there behind you
Helping you to make up your mind

En toen wist ik het. God had mij toegesproken. *He heard my prayer.* Hij wist dat ik Zijn stem nodig had.

En Hij sprak. Toen ben ik naar Bashir gereden. Ik zei: 'Hij heeft me gehoord.' En Bashir begreep het meteen. Hij was zo blij. Hij greep mijn handen. Hij pakte mijn gezicht vast. Hij fluisterde: 'We zijn niet vergeten.'

Twee weken later zaten Bashir en ik in de les. Harry las een verhaal voor over de mooie Daphne die door Apollo wordt achtervolgd. Hij wil haar. Maar zij wil hem niet. Ze vraagt aan haar vader: 'Alsjeblieft. Zorg ervoor dat hij me niet kan krijgen.' Hij verandert haar in een laurierboom. Harry legde uit: 'Het gaat er dus om dat iets verandert in iets anders.' Bashir zei: 'Dus je bedoelt zoiets als de torens in Manhattan? Eerst stonden ze er. En daarna was er alleen nog maar stof.' Harry knikte. 'Zoiets, ja.'

Ik dacht aan die jongen die ik drie dagen daarvoor op televisie had gezien. Daar was ook veel stof. Ik wilde daar iets over schrijven, over die landen in de woestijn. Daar was ook iets veranderd. Harry zei: 'De mensen noemen het de Lente. Ze gaan de straat op. Protesteren.' Ik zag iets over een groot gebouw dat mensen hadden leeggeroofd. Het paleis van een dictator. Harry zei dat deze man altijd tien bodyguards bij zich had. Zo bang was hij. Die bodyguards waren donkere vrouwen, zoals ik. Aha. Ja. Hij hield van donkere vrouwen. Die man was nu weg, gevlucht uit zijn paleis, niemand wist waar hij was. Maar er werd door de mensen gevochten op de straten. En dat lieten ze zien op tv. Ik zag de mensen over straat rennen. Er werd geschoten. Ik zag ze alle kanten op stuiven. Weg. Weg.

Alleen een knappe, lange jongen met van dat donkere Elvishaar bleef staan. Hij had een groene rugzak om. Hij nam foto's. De mensen kwamen als een gelig stofmonster op hem af. Hij bleef maar foto's maken. Hij was echt gek. Moedig maar gek. Hij verdween in die stofwolk. Ik gilde tegen de televisie: 'Ren! Ren dan weg, jongen!' Zoals ik zelf zou rennen. Ik wilde iets schrijven. Over die fotograaf. Over dat moment. Omdat hij zo mooi was. En omdat ik liever niet was weggerend, toen, met Sol. Je moet veel kracht hebben om te blijven staan als er gevaar is. Dat is waarom ik aan die jongen bleef denken. Ik wist alleen niet hoe ik het moest opschrijven. Vanessa Linkervoet had er wel zin in. Meestal is ze boos. Zit ze daar maar. Weigert ze alles. Maar nu wilde ze wel. Ik hoorde haar zachtjes knorren. En ik snapte ook waarom. *Yep*, zij wil graag iemand anders worden. Aha. Wie niet? Wie van ons niet? Wij zijn allemaal mislukkelingen. Wij zijn afgedankt. Wij hebben wel wat te wensen. Vanessa's teen bewoog heel langzaam over het vel met het alfabet dat Jennifer haar voorhield. Het duurde een eeuw: T... H... E... Ik had geen zin om het af te wachten. Ik moest zelf iets verzinnen. Maar het ging niet. *No no*. Molly had geen inspiratie. Mijn hoofd was vol. Het leek of er alleen maar watten in zaten. Ik was ook zo moe. Moe van alles. Moe omdat ik Laila niet kon zien. Moe van mijn Sol-dromen. Moe van de pijn in mijn oogholte. Moe van de aanblik van mijn duffe, gevoelloze dikke-damesbenen. Moe van de pijn in mijn hart.

Ik voelde me ongelukkig, want iedereen was bezig. Bashir leek die middag helemaal op te gaan in zijn brailletoetsenmachine. Die ochtend had ik hem wakker gemaakt, maar hij was zo sikkeneurig dat ik hem alleen had gelaten. Ik had hem niet eens geholpen met het uitzoeken van zijn kleren. En nu zat verdomme die dove, lamme Lang Kwok driftig met zijn ene vinger op dat schrijfmachientje van hem te tikken. En Vanessa had al bijna een hele zin af: T-H-E-W-A-Y-I-U-S-E-D-T-O-B-E. Goed idee, zoals ze vroeger was. Zo ken ik er nog wel een. Hoe was ik vroeger? Lief? Hoopvol? Vol levenslust? Een lelijk geadopteerd zwart dik kind maar toch vrolijk? Ja?

Toen ik daarover nadacht, moest ik bijna huilen, midden in de klas. Want ik realiseerde me ineens: ik weet het niet meer. Ik kon me niks meer van vroeger herinneren. Molly's hoofd was leeg. In mijn hoofd zat alleen maar ruimte. Al weken, al maanden, het was alsof ik zo vol met niks zat dat ik me niets meer kon herinneren. Ik kreeg tranen in mijn ene oog en het andere begon enorm te jeuken, maar het gevoel kwam niet. Ik dacht aan verdriet, maar het kwam er niet uit. En toen zei Harry: 'Het gedicht van George heet "Steen". Zullen we luisteren naar wat George heeft geschreven?'

Ik wilde niet meer. Ik werd gek. Ik wilde gillen: 'Rot maar op met dat kloteleven van jullie! Het wordt toch niks meer! Het is al niks! Niemand wil luisteren naar jullie klaagzang. Niemand wil horen over ellende, over onrecht, over al dit zinloze, nutteloze... dit... deze SHIT! Laat het dan tot die slecht functionerende hersencellen van jullie doordringen dat iedereen maar ÉÉN leven heeft en dat, helaas, jullie leven is verkloot. Voorgoed! Er is geen hoop! Dat heeft HIJ tweeduizend jaar geleden ook al laten zien. Hij ging toch dood!'

Maar ik zei het niet. Jezus is goed. Dat geloof ik. Echt. Goed. Ik weet dat hij er is, ik weet alleen niet waar, ik snap het niet. Ik vat het niet, het lijden. En toen las Harry het gedicht van George voor:

I roll around
being kicked and thrown
into this world
always on the move
Why, I ask myself
cause rocks don't cry
But if I was a rock
I would cry

En toen, zomaar, moest ik huilen. En toen ging Bashir op zijn knieën voor me zitten. Waar de hele klas bij was. Hij zei: '*Baby. Be quiet, baby. Molly baby. Molly Molly.* Luister... trouw met me... toe... wil je met me trouwen?' En de hele klas begon te stampen en te joelen, voor zover ze dat konden. Eigenlijk was het meer een soort gekreun dat opsteeg. En Grace moest huilen. En toen wist ik het. Deze dag had God al heel lang in gedachten. Dit was de dag waarop ik gelukkig mocht zijn. En ik was het.

Het is fijn hier op de gang, *it's nice and cool.* Ik voel me goed. Nog even, dan ga ik naar Bashir. Maar nu niet. Ik moet nog wachten. Ik zeg zijn gedicht vijf keer op. Heel zachtjes. Zo zacht dat de insecten me niet kunnen horen. En ik sluit mijn ogen en bedenk hoe ik eruit zal zien. Molly in het wit. De dikste bruid van Manhattan. Ik zie mezelf wandelen door de kerk, heel statig, helemaal alleen. En Bashir staat bij het altaar. In smoking, een witte roos in zijn hand. Zijn ogen glanzen, ze staan helder. De pupillen twinkelen. Want hij ziet mij.

En ik lach, ik straal, ik loop op witte lakschoenen. Ik trippel. Stapje voor stapje. Laila zit op de bank, vlak bij het altaar. Ze heeft een prachtige jurk aan. Blauw. Haar hoofd zit vol vlechtjes en strikjes. Als ik langsloop, kijkt ze naar mij. Ze blaast me een kusje toe. En naast haar zit moeder. Ze heeft haar arm om Laila geslagen en ze lacht, ze is gelukkig, want ze is met ons: haar dochter, haar kleindochter. Iedereen samen. *In the house of the Lord.*

Ik tel tot tien en doe mijn ogen open. Overal is het groen. *Like my name.* De muren van de hal, de gang. Het is nog steeds doodstil. Ik draai mijn stoel naar links, duw de klapdeuren open en rijd naar de kamer van Bashir. Geruisloos, want dat kan ik. Ha, met mijn 120 kilo ben ik soms zo licht als een veertje. Soms ben ik een danser, kan ik bijna zweven. En dan? Dan zal ik zijn voet strelen, heel zachtjes. En dan... wordt hij wakker. En iedereen blijft slapen. Overal blijft het stil. Want het is de eerste dag van de nieuwe wereld.

Weird chick

Ik ben in Barcelona. Het is koud. Ik kijk stiekem naar mijn geliefde in zijn witte overhemd op de witte bank. Ik gluur naar zijn grote handen, hij heeft lange vingers met vieze nagels. Op zijn wijsvinger is het cijfer 8 getatoeëerd. Aan zijn middelvinger zit een grote zilveren ring. Ik bestudeer het gat in zijn spijkerbroek en kijk naar zijn harige armen. Ik wil zijn handen vasthouden. Ik wil dat hij zijn vieze nagels in mijn huid zet, dat hij met zijn vingers bij mij naar binnen gaat. Ik moet grinniken. Zijn gezicht is groot, zijn blauwe ogen verscholen achter een zwaar brilmontuur. Ik hou van de rechte lijn van zijn neus, van zijn dikke haar en de volle baard die hij zorgvuldig heeft afgeschoren, van het kleine litteken boven zijn rechteroog. Een bliksemflits verborgen in een wenkbrauw. Hij pakt een Britse krant van de bank. Op de voorpagina staat een grote foto van een met bloed besmeurde man. Hij leunt met zijn gezicht tegen een knie. Als een geslacht kalf. In dikke letters erboven: THAT'S FOR LOCKERBIE.

Ik sta op en loop naar het houten zwembad. Het is een vergrote badkuip. Te ondiep om ondersteboven op je handen in te gaan staan. Te kort om je armen flink in uit te strekken. Een decoratie bij de loungebank, de cocktailbar en de witte bootjes in de haven. Ik laat me in het water zakken. Ik probeer te zwemmen. Nutteloos. Mijn lichaam snakt naar actie, naar aandacht. Ik wil mijn spieren gebruiken, iets doen om de leegte te vullen. Ik sla mijn armen over de rand en zet mijn zonnebril op. Ik leun met mijn kin op mijn armen en staar naar hem en denk aan een scène uit *La piscine*. 'Kijk naar me, Alain,' fluister ik. 'Hier ben ik, mijn haren nat, mijn lichaam soepel en bruin. Ik kom zo in mijn zwarte bikini naar je toe gelopen. Dan ga ik met mijn druipende benen en mijn kruis boven je hoofd staan. Ik wil dat de druppels op je gezicht vallen. Alain. Toe. Laten wij onszelf verliezen, in elkaar, zoals mensen in 1969 dat doen. In Saint-Tropez. Met stijl.'

Ik duw mijzelf op de rand, houd mijn buik in. Ik trek mijn bikinibroekje recht, bang dat de bleke Britse gezinnen die op het dakterras bier drinken een plukje schaamhaar zullen zien. Ik wandel als een bevallige dame op mijn tenen naar de douche en doe alsof ik een cocktail in mijn handen heb. Ik laat de warme stralen op mijn zonnebril vallen. Ik strek me uit, mijn billen naar achteren, buig door mijn knieën, gooi mijn hoofd in mijn nek, laat het water in mijn mond stromen. Ik hoor de kinderen over het houten dakterras heen en weer stampen. De lucht is blauw, vol dikke witte strepen. Vliegtuigsporen. Ik draai de doucheknop dicht en sla een grote handdoek om.

Met een tweede handdoek om mijn hoofd gedraaid loop ik langs hem en denk: kijk naar mij. Pak je camera en maak mij tot iets groters. Leg mij vast, laat mij bestaan. Pak mijn voeten en masseer mijn voetzolen, trek aan mijn tenen. Maar ik zeg niks en lach zachtjes. Hij steekt nog een sigaret op en neemt een slok bier. Ik ga tegenover hem zitten en leg mijn hoofd tegen het kussen van de bank. Hij checkt de berichten op zijn iPhone en neemt nog een slok bier. Dan pakt hij zijn camera en bekijkt de beelden op het digitale schermpje. Ik steek mijn tong uit. Ik hoor er niet bij. Niet echt. Ik ben decor, een rekwisiet in zijn film. Het is weer zover.

*

Vlak voor de tentamenperiode krijg ik de zenuwen. Ik klap dicht, kan niet meer nadenken. Ik heb de faculteit al twee weken gemeden. Eerst probeerde ik nog wel in de studiezaal te zitten, tussen alle andere studenten, maar het geritsel en het gekras van pennen op papier maakte me onrustig. Ik ging letten op ieder kuchje, iedere zucht. Als iemand zijn neus ophaalde werd ik halfgek van irritatie. Ik besloot thuis te gaan studeren. Weg van mijn medestudenten, weg van het gehang bij het koffieapparaat, weg van de stoffige bibliotheek.

Nu zit ik thuis, in mijn kleine kamertje. Iedere ochtend sta ik op, maak koffie, rooster een boterham, negeer mijn huisgenoot Stefanie, ga aan mijn bureau zitten, pak mijn studieboek. Ik staar naar dezelfde zinnen, dezelfde woorden. Er dringt geen letter tot me door. *Les mots et les choses*. Foucault. Ik hou van die titel. Ik hou van zijn naam. Mi-chel Fou-cault. Het klinkt interessant. Maar ik begrijp absoluut niet wat er staat. Ik krijg er de slappe lach van. *Parlez-vous français? Oui, oui, un peu*. Ha, ha. *Merde. Je ne comprends pas*. Ik sta op en zing: *Non... je ne regrette rien...* La, la, la.

Ik gooi het boek in een hoek, sta op, loop met gespreide armen door de kamer, doe alsof ik een danser ben. Ik neurie zachtjes de *Bolero*. La-lila-lila-la-la-la-la-la-la. *Les uns et les autres*. Het zweet breekt me uit. Ik stop, staar naar het aftandse bureau voor me, het krakkemikkige stoeltje dat ik op straat heb gevonden, de oude matras op de grond, de stapel studieboeken langs de muur. Ik zit hier gevangen, in mijn eigen troep. Over een week heb ik een mondeling. Wat moet ik doen? Waarom zit ik hier, op een plek waar ik niemand ken? Ik heb niks aan vage theorieën. Ik kan net zo goed naar mijn eigen tenen staren. Ik pak mijn jas en gooi de deur van mijn kamer open. In de hal struikel ik over het snoer van de stofzuiger. Het apparaat staat midden in de kamer, Stefanie heeft de stekker in het stopcontact laten zitten. 'Stom wijf!' gil ik en sla de voordeur dicht.

Mijn schouders schokken, uit mijn keel komt een laag gejammer. Ik kan het niet onderdrukken, ik ben boos. Ik duik weg in mijn jas, verberg me achter een sjaal en probeer geen enkele voorbijganger aan te kijken. Bij de tramhalte staat niemand. Het begint zachtjes te regenen. Ik dwing mezelf normaal te ademen. Al twee weken zit er een zin in mijn hoofd... *Just make yourself a drink, Vincent, and I'll be down in two shakes of a lamb's tail...* Ik herhaal de woorden in gedachten, prevel ze, loop met een soepele pantertred heen en weer voor het tramhokje. Ik knip met mijn vingers. Uma. Ik ben vorig jaar wel drie keer naar de bioscoop gegaan om naar haar te kijken. Ze maakt me rustig. Want eigenlijk, ergens, lijk ik enorm op haar: mysterieus, geraffineerd, sexy... In mij schuilt een Uma. Een vrouw die alle mannen aankan. Ik weet het, ik ben van deze wereld, ik moet mijzelf alleen rechtzetten, losschudden uit de angst. Het is tijd voor een nieuw uiterlijk.

Ik loop over de Krommewal richting de Baudelostraat. Voor de etalage van een tweedehandswinkel blijf ik stilstaan. Als ik de deur open, slaat een muffe, mottige geur me tegemoet. Ik knik naar een geblondeerd meisje achter de kassa en begin achter in de zaak door een rek jurkjes en synthetische blousejes te speuren. Een witte blouse met puntkraag. Dat is mijn missie. Ik ga alle rekken af en vind uiteindelijk een gelig uitgeslagen hemd met bloemetjespatroon. Ik houd de blouse voor mijn lichaam, staar naar mezelf in de spiegel. Achter me hoor ik het blonde meisje irritante klikgeluiden maken. Ze heeft een koptelefoon opgezet. Haar hoofd knikt mee op het ritme van de muziek. Ik hang de blouse terug.

Ik zwerf door de stad, drink koffie, loop een paar boekhandels in, luister in de platenzaak naar een cd. Ik voel een zware druk op mijn borst. Niet weer dezelfde vier muren, niet weer dezelfde boeken op mijn bureau. De videotheek in mijn straat is al open. Fijn. Waar was ik ook alweer gebleven? Bij de M? Ik ga langs de schappen. Ik vind: *Manhattan*, *Marathon Man*, *Mad Max*, *Mr. Smith Goes to Washington*... Mijn geheime project. Ik trek er twee uit de schappen, betaal en ga naar de snackbar. Met de video's en een grote zak patat loop ik naar huis. Het is drie uur 's middags, Stefanie is op haar werk. Ik doe de gordijnen dicht, zet de tv aan en duw *Manhattan* in de videorecorder. New York op de klanken van Gershwin. Ik krijg kippenvel. Ik ga languit op de bank liggen en prop de patat in mijn mond. Ik erger me aan Mariel Hemingway met haar hamsterwangen en haar kinderstemmetje. Toch moet ik huilen als ze, zoenend met Woody Allen, in een koets door Central Park rijdt. Bij de aftiteling sta ik op, doe een plas en trek een fles wijn open. Film twee. Dustin Hoffman wordt belaagd in de badkamer. Ik kruip op het puntje van de bank. Ik gil met hem mee. Ik drink in een halfuur de hele fles wijn leeg. De muziek kruipt onder mijn huid. De tandartsscène. Ik durf niet te kijken. Als de film is afgelopen, val ik in slaap op de bank en droom van straten geplaveid met diamanten. Eén zin blijft als een mantra in mijn hoofd hangen. *Is it safe? Is it safe?...* Ik zie het joodse vrouwtje door de straten naar mij toe lopen. Ze wijst, door de massa mensen, met een beschuldigende vinger naar mij.

Ik schrik wakker door de voordeur die met een knal dichtklapt. Stefanie klost op haar hoge hakken langs mij heen. Ik sta op en verdwijn naar mijn kamer. In de spiegel staar ik naar een bleek, verkreukeld gezicht. De mascara rond mijn ogen is uitgelopen, er zit een zwarte wijnrand rond mijn lippen. Ik pak een handdoek, vlucht de badkamer in en ga onder een hete douche staan. Met de handdoek om mijn natte haar veeg ik de condens van de spiegel. Ik gebruik stiekem de zwarte eyeliner van Stefanie, doe rode lippenstift op en fluister: *C'mon, Lula... c'mon... you can do this...*

Zachtjes sluit ik de voordeur en loop richting het centrum. Ik moet contact hebben, praten met iemand, terug naar de gewone wereld, weg uit mijn hoofd. Dit is niet New York. Bepaald niet. Ik giechel en maak kleine huppelpasjes over de keien. Rotland. Ik haat de middeleeuwse kerken, de gildehuizen, de toeristische kneuterigheid. Met iedere stap groeit mijn afkeer. Ik steek de Sint-Michielsbrug over, wandel langs de kade en duik een café binnen. Het is er stampvol, een afrobeat knalt uit de speakers. Ik baan me een weg door de massa zweterige lichamen. Meisjes in glittertruitjes en strakke broeken krullen zich om bierdrinkende jongens. Ik moet bijna overgeven.

Aan de bar staat een kruk tussen twee blonde vrouwen. Ze zitten met hun rug naar elkaar toe. Ik duw me ertussen en ga zitten. De plek tussen hun lichamen is krap, onaangenaam, ik voel hun spekkerige huid tegen mijn armen, ruik hun parfum. Als ik vooroverbuig naar de ober, zie ik hun borsten uit hun topjes puilen, hun lippen bewegen, hun tongen likken aan de rand van hun glas. Ik bestel een mojito. Mijn armen en benen worden slap. Ik doe mijn ogen dicht, omklem met mijn vingers de rand van de bar. *Ik zie de tegels.* Rustig aan. Adem langzaam in. Houd de zuurstof vast. Een paar seconden, niet te lang, het mag niet opvallen.

Ik zie de tegels. Ik hang ondersteboven, de band om mijn enkels in plaats van om mijn middel. Mijn voeten steken boven het water uit, mijn hoofd is onder water. Ik schreeuw, bubbels komen uit mijn mond. Door hard mijn armen te bewegen kan ik mijzelf even aan de oppervlakte brengen, ik hap naar lucht, daarna ga ik weer kopje-onder. Het is stil onder water, overal zie ik benen en billen en kleurige zwembroeken. Als ik weer even boven ben, gil ik: 'Mamaaaaa!' Ze zit, ver weg van mij, in een witte bikini op het grasveld. 'Ma-maaaaaa!!' Ik zie haar gezicht niet, het is verscholen achter een modeblad. 'Ma-maaaaa!'

Weer water, benen, de tegelbodem. Ik hou van de kleur turquoise, maar nu maakt die me bang. Waar is Daniel? Daarnet zag ik hem nog het water in duiken, vlak naast mij. Ik kom weer boven, ik speur naar mijn broer. Daniel! Waar ben je? Ik zie hem niet, ik zak weer omlaag. Ik voel paniek, blijf steeds langer onder. Ik wil lucht. Er komen ritmes in mijn hoofd. Kaboem, kabakabakaboem... Ik ben zo ontzettend slap. Wit licht. Een dof gevoel in mijn benen en armen. Ineens voel ik een hand. Een man trekt me uit het water. Hij zet me op de rand van het zwembad. Ik adem met grote happen de zuurstof naar binnen. Ik tril, ik huil. Ik roep jou. De man klopt me op mijn rug, hij pakt een handdoek en slaat die om mij heen. Hij vraagt: 'Waar is je moeder?' Ik wijs naar het grasveld. Ik zie haar niet. Ineens zit Daniel naast me. Hij fluit en geeft me een vrolijk duwtje tegen mijn schouder. 'Gaan we *patat eten?' Hij staat op en springt met opgetrokken benen weer in het water. Ik begin opnieuw te huilen, gil tegen mijn broer dat hij terug moet komen, maar hij hoort me niet, hij is alweer halverwege het zwembad. De man klopt me op mijn rug. 'Ga je naar je mama?' Dan verdwijnt hij. Ik voel nog steeds mijn benen niet. Ik speur in de menigte naar een vrouw in een witte bikini. Ik roep haar naam. Ik wil tegen haar zeggen: ik ben bijna verdronken. Maar er is niemand.*

Voor mij staat de mojito. Ik adem diep in. Vanavond ben ik *weird chick*. Ik neem een slok van de rum en sluit mijn ogen. Ik sta op de motorkap en zie Nicolas Cage voor me in zijn slangenleren jas. *You move me, Sailor, you really do...* fluister ik. *This whole world is wild at heart and weird on top...* Ik drink de mojito op en bestel er nog een. Ik neem een paar volle teugen en zwaai naar de barjongen voor een volgende. Met een nieuw glas in mijn hand staar ik voor me uit naar de rij flessen achter de bar. Ik kan me nauwelijks verroeren. Ineens voel ik een kneepje. Iemand trekt aan mijn arm. Ik draai me om en staar recht in het gezicht van een man. Groot, breed, met halflang haar, een vlassig baardje en een houthakkershemd. Niet bepaald Nicolas Cage. Hij lacht, een paar scheve tanden verschijnen. '*Hiya, kiddo.*' Ik zwijg. '*It's a sad and beautiful world.*' Ik zeg nog steeds geen woord.

'*I looked at you.*' Hij wijst naar de deur. '*You're a funny type.*' Argwanend kijk ik hem aan. '*Wow, if looks could kill... I'm a dead man now.*' Hij grinnikt en strijkt zijn haar uit zijn gezicht. Een zilveren ring met een turquoise steen flitst voorbij. Ik kijk hem met open mond aan. Niet alleen zijn gebit is scheef, zijn hele gezicht is scheef. Net een cowboy in een verkeerde bar. Ik gluur naar de grond, om te kijken of hij laarzen draagt. Ik grinnik. Bizar, dit. Hij vist een visitekaartje uit zijn zak. Er staat een lemniscaat op. Daaronder: NICK ROSEN. FICARD ART EN VERHUIZINGEN. ANTWERPEN. Een adres en telefoonnummer. Hij tikt met twee vingers tegen zijn slaap, draait zich om en verdwijnt tussen de zwetende lichamen.

Twee dagen staar ik naar het kaartje op mijn bureau. In gedachten speel ik telkens weer dezelfde scène af: zijn gezicht, de woorden, zijn grijns. De derde dag bel ik. Met natte haren en een kop koffie op mijn bureau toets ik het nummer in. Hij neemt onmiddellijk op. Ik stel me voor. '*Leah? Sure, I remember.*' Hij grinnikt. '*The weird one.*' We spreken om acht uur 's avonds af in een Japans restaurant.

De rest van de dag ijsbeer ik door mijn huis. Ik probeer verschillende jurken uit. Eerst mijn rode tangojurk. Te overdreven. Dan mijn favoriet: een Italiaanse jurk à la Sophia Loren in *La Ciociara*. Ik steek mijn haar losjes op, trek zwarte lijntjes boven mijn ogen en stift mijn lippen rood. Nee, toch niet. Een herenpak?

De Audrey Hepburn-look uit *Breakfast at Tiffany's*? Zwarte cocktailjurk met parelketting? Nee. Ik besluit als Italiaanse weduwe te gaan. Dramatisch en sexy.

Ik arriveer te vroeg in het restaurant. De tafels zijn leeg. Een piepkleine Japanse dame leidt me naar een laag tafeltje achter in de ruimte. Ik ga op een kussen zitten en bestel groene thee. Het is doodstil, alleen uit de keuken komen zachte stemmen. *Hij komt niet. Natuurlijk niet. Hij zei maar wat.* Ik moet giechelen en krijg weer een knoop in mijn maag. Ik haat mijzelf. Ik adem diep door mijn neus. Rustig. Kalm blijven. Verzin iets. Ik fluister: *What's a nice girl like you doing in a place like this? What's a nice girl like you doing in a place like this?* Om halfnegen bestel ik een sake. Ik eet boontjes met zout. Ik bestel nog een sake. Om negen uur staan er vier lege flesjes voor me. De zaak heeft zich gevuld met klanten. Om mij heen voeren mensen gesprekken, er wordt geproost en gelachen. In de hoek bij de ingang zit een groot gezelschap Japanners. Ze maken lawaai, lachen, gaan uit hun dak. Ik ben draaierig en bang dat ik opval, zo alleen in de hoek. Een sukkel in mijn eigen verhaal.

Ineens staat hij er. Zijn dikke oliejas druipt van de regen. Ik verwacht verontschuldigende woorden, maar hij zegt niets en gaat met een plof zitten op de grond. Hij trekt zijn wollen muts, versierd met lama's en een klein kwastje, van zijn hoofd. Opnieuw die scheve grijns en het scheve gezicht. Ik pak de menukaart en wenk het dametje. Ik bestel misosoep, sushi, sashimi, tempura en meer sake. Ik kijk hem aan en probeer te lachen. Het lukt niet. '*Sad little girl,*' zegt hij en strijkt met zijn enorme hand over mijn wang. Ik begin te lachen. Mijn schouders schokken. Ik heb de slappe lach, ik kan niet stoppen, ik lach en lach tot het overgaat in huilen. Hij zegt niks en kijkt me aan. Als de schaaltjes voor ons worden neergezet, veeg ik beschaamd mijn tranen weg. Zwarte smurrie op mijn hand. Hij schuift haastig de sushi op zijn bord en schrokt de klontjes rijst met vis naar binnen. Ik staar naar zijn turquoise ring. Hij zegt dat hij van klodders houdt, dikke verfklodders. In zijn schilderijen gaat het om structuur, reliëf. Een kunstwerk moet leven. Soms verkoopt hij wat, meestal niet. We zijn mieren, zegt hij, van bovenaf gezien rennen we richting een doel. Maar als je ertussen staat, is er slechts paniek en chaos. Hij moet ze soms helpen verhuizen, die mieren. Hij heeft een truck. *It's a living.*

Zijn zinnen komen in flarden, zonder logica. Hij gebruikt nauwelijks bijvoeglijke naamwoorden. Hij spreekt een taal zonder hoofdletters, komma's of uitroeptekens. Ik luister en drink meer sake. De objecten om mij heen beginnen te draaien, ik zie zijn mond bewegen, hoor niet meer wat hij zegt. *Ik begrijp niets van deze man.* Ik voel me warm. Ik zweef. Ik denk aan mijn moeder. Hoe ik 's ochtends de kamer binnenkwam, haar donkere haren uitgestrekt over het kussen, als een waaier. Als papa op reis was, kroop ik bij haar in bed. Dan pakte ik een lok haar vast en viel weer in slaap. Als ze dan wakker werd, trok ze zachtjes aan mijn krullen. Ze fluisterde in mijn oor. 'Wil je een kopje melkthee?'

Mijn hoofd tolt. Ik zeg tegen Nick dat ik naar Parijs wil en grinnik. *I wanna see my mum.* Ik vertel alles. Hoe het was thuis. Dat ze is vertrokken naar een ander land. Dat ze heeft gewacht tot we oud genoeg waren. Dat ze te veel hield van een man die altijd weer vertrok. Nick luistert, lacht zijn scheve grijns. Hij bestelt meer sake. Terwijl het restaurant langzamerhand leegloopt, drinken we eindeloos door. Ik zie zijn hand met de ring heen en weer flitsen en terwijl mijn hoofd mistig wordt, geef ik me over. Ik ben zo slap als een pasgeboren lam.

Het regent. Nick parkeert zijn verhuiswagen voor de deur en zet de motor uit. Ik weet wat er komt. Ik gluur: wat is hij lelijk. Zijn jas ruikt naar oude ongewassen lakens, zijn adem aangetast door rook en drank. Hij buigt zich over mij heen, duwt zijn tong bij mij naar binnen. Warm, vochtig. Ik duw mijn tong ertegenaan. Hij hangt als een zompige spons over mij heen. Hij is te groot, te zwaar. Hij schuift mijn autostoel naar achteren en gaat op zijn knieën voor mij zitten. Hij schuift zijn hand onder mijn jurk, legt zijn andere hand op mijn knie, zijn hoofd in mijn kruis. Alles tolt in mijn hoofd, ik weet maar deels wat er gebeurt. Ik giechel. Hij kust mijn buik, zakt omlaag, blijft in het niets hangen. We vormen een warrige kluwen jassen, truien en haren. Ik kus zijn vochtige voorhoofd. Hij probeert zijn vingers in mijn onderbroek te duwen en blijft halverwege steken. Dan ligt hij stil met zijn hoofd tussen mijn benen. Zijn linkerhand op mijn borst. Onze handelingen bevriezen.

Ik word wakker van zijn gesnurk. Ik duw hem van me af, kruip uit mijn stoel en stop een papiertje met mijn telefoonnummer in zijn jaszak. Ik sluit zachtjes het portier en laat hem op zijn knieën achter in de auto. Een kwartier later sta ik in een T-shirt en onderbroek voor het raam. De truck staat er nog steeds. Liggend op mijn matras denk ik aan mijn vader, alleen in bed in Amsterdam, zijn bril op het nachtkastje. Ik zak weg in een diepe slaap. Om zeven uur 's ochtends gaat de telefoon. Het is Nick. Hij zegt dat we naar Parijs gaan. '*I'll pick you up this afternoon.*'

De hele dag blijf ik binnen. Ik ontbijt met Stefanie, luister naar haar gezeur over haar sapjesdieet, haar dominante baas van de kledingwinkel, het vriendje dat ze probeert te ontlopen. Ik sluit me op in mijn kamer en wacht. De uren kruipen voorbij. Ik draai de luxaflex telkens open en dicht, hang op mijn bed, scheer mijn benen, lak mijn teennagels, was een paar onderbroeken, stop mijn rugzak vol kleren en boeken, draai weer aan de luxaflex. Ik bel het nummer van mijn moeder in Parijs en krijg een antwoordapparaat met de stem van haar vriend. Frans met een Engels accent. Ik spreek in. 'Mam, met mij. Ik wil langskomen. Is dat goed? Ik vertrek straks. Ik ben er vanavond. Wat is de kortste route naar Le Marais? Bel me nog even. Wat is het nummer ook alweer, 76? Rue des Archives? Bel je me? Mam?'

Om kwart voor zes stopt de truck voor mijn deur. Het is al aan het schemeren. Het regent zachtjes. Vanuit mijn raam zie ik hem uitstappen en naar mijn deur lopen. Ik druk op de deuropener. Hij stommelt met logge stappen de trap op. Ik zie het kwastje van zijn muts heen en weer deinen. Hij blijft bij de deuropening staan. Een vlaag van woede trekt door mijn lijf. Ik barst los in een mengelmoes van talen. 'Waarom laat je me uren wachten, *why don't you call me*, waarom... Ik had beter alleen kunnen gaan! *My mother...*' Grijns. Scheef gezicht. Ik stik bijna van woede. Ik zwaai met mijn armen. Hij pakt mijn hand uit de lucht. Trekt me naar zich toe. We staan in de deuropening, armen om elkaar heen. Ik klamp me vast. Ik ruik de geur van zijn vette huid in zijn kleren. We staan roerloos. Ik hoor Stefanie achter mij langslopen. Ik weet wat ze denkt. Het kan me niet schelen. *I'm a freak.*

De regen valt met bakken uit de lucht. Nick zwijgt. We rijden met de auto langs de universiteitsgebouwen, langs het Citadelpark, richting de universiteit. Vlak voordat we bij de afslag van de snelweg aankomen, slaat hij af naar links. Ineens voel ik de zenuwen door mijn lijf gieren. 'Wat ga je doen?' vraag ik afgemeten. '*We need music. I want to get a ghetto blaster.*' Ik kijk naar het frontpaneel van de auto. De ruimte voor de autoradio is leeg. Ik begin te lachen. Ineens gil ik: '*I've waited so long. Let's just go!*' Hij rijdt de auto naar de zijkant van de straat, zet de motor af en kijkt me rustig aan. Ik zie ineens waarom zijn gezicht zo scheef is. De helft lijkt wakker, zijn rechteroog kijkt me direct aan, maar de linkerkant van zijn gezicht is futloos, het ooglid hangt als een gordijntje voor zijn oog, zijn blik is naar binnen gekeerd, alsof een deel van zijn lichaam weigert mee te doen met de rest. Hij lijkt een beetje op oom Fred. Na zijn herseninfarct hing de helft van zijn gezicht als een zakje naar beneden. Ik denk aan de gouden ketting die Fred om zijn nek droeg, zijn Van Gilsaftershave, zijn grote vlezige oren die volgens mijn tante ieder jaar nog doorgroeiden. Ik walg. Ik wil de auto uit. Terug naar mijn kamer. Weg van hem. Nick legt zijn hand op mijn been. '*Hey, hey... Calm down. Relax. We're going to Paris. We're going, we're going.*'

Ik staar door het raam in het donker. Ik zie zwarte velden, contouren van huizen en bomen. Verkeersborden flitsen langs. Ik heb mijn laarzen uitgedaan en leun met mijn voeten tegen het raam. We rijden vlak onder Lille. Ik heb mijn moeder niet meer gesproken. Maar ze zal me willen zien. Dat weet ik. Ik vertrouw erop. Ik voel me rustig. Evenwichtig. Het gevoel van de avond daarvoor komt langzamerhand terug. Nick staart voor zich uit. Hij checkt onder het rijden af en toe zijn pager. Er komen telkens berichten binnen. Hij bekijkt ze zwijgend, drukt ze weg, kijkt af en toe naar mij, richt zijn ogen weer op de weg. Hij laat zijn hand rusten op mijn been. Ik denk: hij heeft schotten in zijn hoofd. Hij kan twee levens leiden, of drie, of vier. Ze allemaal van elkaar scheiden. Zonder probleem. Normale mensen leiden één enkel leven. Of misschien wel niet. Maar ze denken in ieder geval dat het moet. Dat het zo hoort. Dat alles bestaat uit een continue stroom van gebeurtenissen. Een verhaal met een begin en een eind. Begrijpelijk, inzichtelijk, hanteerbaar, bevattelijk. Maar het is een leugen. Ze willen het niet zien. Hij snapt het. Hij is zoals ik. Ik ben er en ik ben er niet.

Het is ochtend. Door een kier van de gordijnen zie ik een zee van scheve daken volgestrooid met kleine korte zwarte schoorsteenstompjes. Achter de deur hoor ik mijn moeder met gedempte stem praten. 'Ik weet het niet precies. Hij leek me iets van veertig. Hij zag er wel sympathiek uit... maar wel viezig. Van dat ongewassen haar. Hij ging meteen weg. Ja, ja... en dan zo laat binnenkomen. Ik weet niet zo goed wat ik ermee moet, Richard. Het is bizar... waarom belt ze zo laat en...' Ik hoor mijn moeder weglopen naar een andere ruimte. Ik duw het dekbed van me af en trek het gordijn open. Wow. Knalblauwe lucht! Ik knipper met mijn ogen, krab aan mijn billen, houd mijn hand voor mijn mond en adem uit. Bah. Ik rek me uit en gluur met half geknepen ogen naar de stad. Zo veel huizen, zo veel trappen, keukens, kamers, tafels, bedden, matrassen, lakens, kussens. Ergens is hij. Ergens slaapt hij.

'O lieverd, daar ben je!' Mijn moeder lacht vanachter een kop dampende koffie. Ze zit met Richard aan een klein keukentafeltje. Een stapel croissants en een potje jam tussen hen in. 'Je bent alweer veranderd, wat heb je met je haar gedaan?... Is het lichter? Heb je het niet koud? Dat T-shirt is niet zo groot...' Ze veegt met haar hand wat kruimels van tafel en schuift een ontbijtbordje mijn kant op. 'Richard en ik waren naar een concert. Een van zijn eerste jeugdliefdes. Nu een goede vriendin. Gevierd violiste. Enorm bekend in Amerika. We hebben na afloop met haar gesproken. In de zestig, maar zo energiek! Kom, ga zitten. Rich, is er nog een stoel?' Haar vriend staat moeizaam op en stiefelt de keuken uit. Ik volg hem vanuit mijn ooghoek. Gisteren zag ik hem voor het eerst. Ik heb nu al een hekel aan hem. Oude man, keurig gekleed, modieuze zwarte bril, wat wolkjes wit haar naast zijn oren. Op het eerste gezicht beschaafd en elegant. Maar ondertussen dominant en onwrikbaar. Een egoïst zonder dat de rest van de wereld het in de gaten heeft.

Toen ik gisteravond binnenkwam, zag ik portretten van zijn exen in de hal hangen. Stuk voor stuk beschaafde vrouwen, musici, die hij, het genie, de grote man voor het orkest, een voor een wist te strikken. Nu heeft hij mijn moeder gevangen, haar weggelokt uit het verantwoorde, veilige Amsterdam en haar een treetje hoger op de sociaal-culturele ladder geplaatst. Een appartement in Le Marais, concerten, balletvoorstellingen, exposities, galeriebezoek. Tuurlijk. Ineens flitst er een filmfragment door mijn hoofd: *Bitter Moon*. Ik zie mijn moeder aan de ontbijttafel op haar stoel, benen wijd, ochtendjas open. Ze neemt een slok yoghurtdrank, laat de vloeistof uit haar mond sijpelen, die glijdt langs haar nek, wit en traag, langzaam tussen haar borsten. Ik knijp van afschuw mijn ogen dicht. Er loopt een koude rilling over mijn rug. Ik giechel. 'Hier, Leah.' Richard komt met een stoel de keuken binnenschuifelen. Hij valt bijna voorover. Ik kijk naar mijn moeder, achter haar dampende koffie. Een meisje, nog steeds. Ik heb haar naam nooit meer uitgesproken. Martha. Mar-tha. Ik kan het nog steeds niet. Mar-tha. Wat is ze vreselijk dun, mijn moeder. In haar zwarte jurk. Met haar grijze krullen opgestoken. Twee parels in haar oren. Een verzorgster verkleed als minnares.

Na het ontbijt ga ik naar de badkamer. Ik trek mijn

kleren uit, draai de douchekraan open en staar naar mijzelf in de spiegel. Ik trek aan mijn rode krullen, bestudeer de sproeten op mijn neus en probeer een mee-eter op mijn kin uit te drukken. Ik ga met mijn handen langs mijn borsten, duw ze omhoog, als in een push-up-bh. Ik pluk aan mijn rossige schaamhaar, draai me om, kijk naar mijn witte billen. Mooi, rond, vol. Ik ben mijn vader. Ik heb zijn weerbarstige haar, zijn lange neus, zijn brede schouderbladen. Alleen mijn blanke sproetenhuid is een mysterie, een onverwacht cadeau. Vaak lag ik in de zomer huilend in bed, met plakjes komkommer op mijn knalrode schouders en rug, Boris vervloekend. Mijn kleine broertje, hij lijkt precies op mijn moeder. Zo dun als een lat, een taaie huid met dik donker haar. Zijn gezicht is hoekig, zijn neus scheef, zijn ogen liggen net te diep. Hij is niet mooi, maar ik wil altijd naar hem kijken. Hij maakt me aan het lachen. Altijd. Ik grinnik en veeg met mijn hand over de beslagen spiegel en kijk door de strepen heen opnieuw naar mijn gezicht. Ik steek mijn tong uit.

Onder de douche dwalen mijn gedachten af naar Nick. Ik zie hem lopen door de straten. Ik denk aan de turquoise ring, zijn lamamuts, zijn enorme Timberlands. Ik ga op mijn knieën zitten, duw de douchekop met de harde stralen tussen mijn benen. Een kort klopje. Mijn moeder steekt haar hoofd om de deur, ik verschuil me achter het douchegordijn. 'Lieverd, schiet je op? Het is zo mooi buiten. We hebben maar zo kort.'

We kijken naar het nagebouwde atelier van Brancusi. Mijn moeder zwijgt. De ruimte vol simpele vormen maakt haar stil. We mogen niet bij de objecten, maar drukken onze neuzen tegen het raam. Ik staar naar een eivormig gezicht van een slapend kind en een vrouwenhoofd met vissenlippen. In de hoek staan lange houten pilaren, opgebouwd uit uitgerekte lussen, maar dan hoekig. 'Oneindig,' mompel ik en maak een vliegbeweging met mijn armen. Ik blaas met een fluitgeluid tussen mijn tanden en doe alsof er een vlieg om me heen zwermt. Ik verveel me. Ik hou niet van dit soort kunst. Het ergert me dat iemand zich blindstaart op telkens dezelfde vormen. Geef mij maar actie. Ik trek een denkbeeldig pistool uit mijn rok en blijf een zoemend geluid produceren tussen mijn tanden. Bzzzzz... zzz... zz. Bam! *Once Upon a Time in the West.* Ik duw met mijn wijsvinger tegen de muur. In de loop van mijn pistool heb ik de vlieg gevangen. Bzzzzzzzz... Bzzzzz. Het beestje rommelt in de loop. Ik maak het geluid zacht, zodat niemand mij hoort. Dit is gênant, ik ben zesentwintig jaar, maar ik kan het niet laten.

Mijn moeder wijst op een in brons gegoten, gladde penis achter in de ruimte. 'Zo mooi ziet dat er normaal niet uit,' grinnikt ze. Ze kijkt me aan. Ik lach niet. 'Wat heb je nou met die Nick?' Ik haal mijn schouders op. Ik zeg niets. Ze kijkt me indringend aan, zucht diep, gaat wijdbeens staan en zegt met een te harde stem: 'Ik maak me zorgen. Ik weet niet wat je voelt, wat je denkt. Ik herken je nauwelijks. Toen ik op het antwoordapparaat hoorde dat je eindelijk langskwam... ik was zo blij. Ik hoopte al zo lang op je komst. Ik wil zo graag mijn nieuwe leven met je delen... Ik... Het is zo anders, maar zo goed... Maar je bent een muur. Het lijkt alsof het je allemaal niets kan schelen...' Ze zwijgt en kijkt strak voor zich uit. 'Gisteravond kom je aan, veel te laat, met een rare vent. Ik vond hem onprettig. Hij ging meteen de schilderijen van Richard taxeren. Wie is hij? Ga je met hem naar bed? Hij is toch veel te oud voor je?'

Ik zeg niets. Helemaal niets. Ik kijk naar mijn moeder. Er komt geen woord over mijn lippen. Ik heb geen hekel aan haar. Ik vind haar lief, zoals ze daar staat met haar boze gezicht, in haar te grote blauwe jurk met die veel te dunne bruine armen. Haar handen die ze nooit stil kan houden. Ik wil haar best vertellen wat ik aan het doen ben, maar ik weet het gewoon niet. Ik heb geen idee. Hoe kan ik aan iemand uitleggen dat ik er nooit ben? Ik observeer mijzelf, bij alles wat ik doe, bij iedere stap die ik zet. Ik stop nooit met nadenken, ik evalueer elke handeling, iedere stap die ik zet, ieder woord dat ik uit. Ik val nooit met mezelf samen. Als ik 's ochtends wakker word, denderen de gedachten meteen door mijn hoofd. Wie ben ik vandaag? Welke kleren horen bij mij? Het is alsof ik telkens wacht op de volgende regieaanwijzing. Alleen is er niemand die het me vertelt. Ik moet het zelf bedenken. Ik kijk naar mijn boze moeder en lach. Ik haal mijn schouders op. 'Ik vind hem gewoon leuk.' Ze draait zich om en loopt weg, de zaal uit. Ik ga op een wit bankje zitten en staar naar de pilaren.

Het is zondag, drie uur 's middags. Nick staat voor de deur. Hij wordt binnengevraagd. Mijn hart klopt in mijn keel. Ik geneer me. Zijn lompe figuur detoneert met de lichte woonkamer. Mijn moeder lacht zenuwachtig, geeft hem thee, biedt hem een koekje aan. Richard loopt met Nick door het appartement en toont hem zijn schilderijencollectie. Ik sta met mijn moeder in de keuken. We horen de mannen lachen in de slaapkamer. Samen kijken we door het raam naar de zee van daken en zwijgen. 'Het gaat sneeuwen,' zegt ze en wijst op de donkerroze lucht. Ik hoor de zware voetstappen van Nick door de gang. Hij komt achter mij staan en pakt mijn tas van de stoel. '*Let's go.*' Hij geeft mijn moeder een hand en krijgt van Richard een klap op zijn schouder. Hij voert me de deur uit, de trap af, weg van mijn moeders strakke gezicht en haar zenuwachtige handen.

Het is koud buiten. De truck staat twee straten verderop geparkeerd. Op de straten heeft zich al een goed dun laagje sneeuw gevormd. Ik slof erdoorheen en laat een lang spoor achter me. Nick veegt met de mouw van zijn jas de voorruit en de zijramen schoon. Hij start de motor en laat hem een tijdje draaien. Het wordt donker. '*I know a good hang-out*,' zegt hij. Zwijgend rijden we over de Rue de Rivoli, langs de Jardin des Tuileries. Ik volg de route op een kaart, maar bij het Palais de l'Élysée verlies ik mijn richtingsgevoel. We rijden nauwe straatjes door en parkeren de auto voor een Chinees restaurant. Nick stapt uit. Ik volg hem zwijgend, we lopen twee straten door, stoppen voor een hoge deur. Hij toetst met zijn dikke vingers een code in op het apparaatje naast de deur. We wandelen een binnenplaats door, vier trappen omhoog, en betreden een piepklein, ordelijk appartement. Alles is schoon, het ruikt er naar chloor. Het keukenblok staat midden in de woonkamer, als een log schip. In de muur bevindt zich een ingebouwde kast met twee klapdeurtjes. Nick opent de deuren en trekt een slaapbank uit. Uit een la boven de kast haalt hij een groot wit laken tevoorschijn en legt het neer over de matras.

Ik trek mijn kleren uit en ga op mijn rug op het bed liggen. Ik strek mijn armen uit, mijn borsten vallen als zachte puddingen opzij, ik krul mijn benen op. Nick klimt over mij heen, zijn T-shirt en sokken nog aan. Hij kust me, duwt zijn tong naar binnen en rolt als een logge zeeleeuw over mij heen. Zijn witte papperige buik hangt als een warme zak tegen mij aan.

Ik streel voorzichtig met mijn handen over zijn rug. Terwijl ik met mijn vingers langs zijn ruggengraat naar beneden glij, voel ik een grote steenpuist. Hij beweegt, hijgt, kreunt zachtjes in mijn oor en likt mijn wang. Dan blijft hij ineens doodstil op mij liggen. Ik staar naar zijn hoofd. Door zijn dunne bruine haar schemert zijn hoofdhuid. '*I think we should get married*,' zegt hij en duwt zich moeizaam omhoog. Ik moet lachen, keihard lachen. Hikkend kijk ik naar hem terwijl hij zijn onderbroek aantrekt. Groezelig katoen met aan de onderkant een gat.

Ik sta op en trek zijn geruite blouse aan. Hij grinnikt en trekt mijn T-shirt aan. Hij ziet er belachelijk uit met die grote witte buik en zijn haar dat alle kanten op steekt. Hij trekt een raar gezicht en loopt heupwiegend door de kamer. Ik open de deur van de badkamer en ga op de wc zitten. Urine en sperma lopen in de pot. Ik blijf een tijdje stilzitten en staar naar mijn tenen. Voor de spiegel maak ik een dun vlechtje in mijn haar. Dan hef ik mijn armen in de lucht en rol met mijn spierballen. Ik steek mijn tong uit. Nick komt achter mij staan en slaat zijn armen om mijn middel. Hij grijnst. Scheve tanden verschijnen. 'Laten we naar Barcelona gaan. Dan varen we met een bootje de zee op.' Ik kijk naar hem, in de spiegel, en denk: waarom niet?

We kleden ons aan. We klappen het bed op, sluiten de deur van het appartement en wandelen naar de truck. Ineens blijft Nick stilstaan. Ik kijk hem vragend aan. 'Gaan we naar huis?' Ik wil naar Gent, ik heb woensdag een tentamen, ik moet studeren. Hij antwoordt niet en gaat in de auto zitten. Terwijl hij de motor start, lacht hij. '*Let's go.*' We rijden de stad uit, pas na een kwartier krijg ik in de gaten dat we de Seine zijn overgestoken en naar het zuiden rijden. '*What are you doing?*' vraag ik. '*Off to Barcelona,*' zegt hij met een grote grijns. Mijn adem stokt, ik krijg het warm in mijn gezicht. Ineens voel ik mijn armen en benen niet meer. Het geluid verstomt, alles is wit. Ik haal diep adem en sluit mijn ogen. '*Please, stop,*' zeg ik met zachte stem. Nick parkeert de auto op de stoep van de Avenue d'Italie. Ik draai me om, pak de tas van de achterbank en open het portier. Ik spring uit de auto, gooi de deur met een smak dicht en begin te rennen, weg, weg van alles, weg van dit toneelstuk, weg van deze gek. Weg.

Ik ren en ren, steeds harder en harder door de sneeuw. Ik schop de vlokken vooruit, ik vlieg over de stoep. Ik adem de koude lucht in. Ik lach. *Ik ben opgestaan en weggelopen.* Ik kijk omhoog. Boven het geel van het stadslicht zie ik een dikroze wolkendek. Ik ren verder over de Avenue d'Italie, terug naar de Seine, richting het noorden. Maar niet terug naar haar. Het begint weer te sneeuwen, kleine vlokjes blijven kleven aan mijn haar en jas. Ik ren door. De vlokken worden dikker, een klein dekje vormt zich op mijn schouders. Ik vertraag mijn pas en begin te lopen. Mijn gezicht gloeit. Ik voel mijn vingers niet meer. Ik denk aan de keuken van ons huis in Amsterdam. In de keukendeur naar de hal zit een klein ruitje. Ik zie mijn vader voor me. Zijn pluizige haar springt alle kanten op. Hij heeft zijn neus tegen het glas gedrukt, hij kijkt scheel. Ik zwaai naar hem. Hij zwaait terug. Maar hij komt niet binnen. Hij kijkt hoe ik aan de keukentafel zit en een slokje chocolademelk neem. Hij roffelt even met zijn vingers op de deur. Dan verdwijnt hij.

*

De Britse toeristen zijn al vertrokken met hun dikke kinderen. Ik tuur naar hem. Hij bestelt opnieuw een bier en steekt een sigaret op. Ik ben moe. Doodmoe. Ik masseer de huid om mijn ogen. Ik kan niet goed slapen, naast hem. Ik voel me zenuwachtig, dag en nacht. Ik sta op. 'Ik ga me aankleden. Kom je zo?' Hij knikt en pakt zijn iPhone. Hij maakt foto's van de lucht.

We wandelen vanaf de haven richting Plaza d'España. Ik draag een zwart jurkje en rode sandalen met hoge hakken. Mijn vermoeide gezicht heb ik volgesmeerd met crème. Lijnen zwart oogpotlood moeten de aandacht van mijn wallen afleiden. Hij loopt voor me, een petje op zijn hoofd, de camera bungelend aan zijn schouder. Hij is smal. Net het lichaam van een vrouw. Bij iedere stap zakt hij een beetje door zijn heupen. Als hij in het hotel de trap beklimt, heeft hij de leuning nodig. Ik pak zijn hand vast. Hij knijpt in mijn vingers. We lopen onder balkonnetjes vol wasgoed en staan stil voor een lawaaiig, neonverlicht voetbalcafé. Hij knijpt, een steek gaat door mijn keel. Ik kijk naar hem en glimlach zenuwachtig. Hij knijpt opnieuw. We lopen verder. Voor een muur met graffiti vraagt hij of ik wil poseren. Ik leun tegen de muur en staar in de verte. Hij drukt af. *Klik*. En nog een keer. *Klik*.

De restaurants zijn bomvol. Ik vraag aan de ober van een visrestaurant of we lang moeten wachten. Hij steekt twee handen op. Tien minuten. Het vierkante plein is gevuld met hippies en *crusties*. Ze zitten in groepjes op de grond. Tussen hen door lopen toeristen. Afrikaanse migranten leuren rond met imitatie-Gucci-zonnebrillen en nep-Prada-tassen. We wandelen naar de fontein. Tussen de rokende stelletjes is nog een plekje vrij. Ik schuif me ertussen. Hij komt naast me zitten, dicht tegen me aan. Ik vraag om een sigaret en kijk rond. Een knappe, donkere jongen staat onder een palm. Hij draagt een wijde broek en een zwart T-shirt met rood-witte letters: TUNISIE. SIDI BOUZID. KASSRINE. REVOLUTION. Zijn donkere krullen springen alle kanten op. De jongen pakt zijn gitaar uit de koffer en gaat zachtjes stemmen. Dan begint hij te tokkelen. Het ritme klinkt bekend. Ik herken het, ik kan het alleen nog niet plaatsen. De jongen deint heen en weer en begint te zingen... Zijn witte tanden glinsteren in het donker... *One love... one heart... let's get together and feel allright...* Ik gluur voorzichtig naar opzij. Hij rookt en kijkt voor zich uit. Zachtjes leg ik mijn hoofd op zijn schouder.

Tien minuten later wenkt de ober. We krijgen een tafeltje op de hoek van het plein, naast een pilaar. Ik eet gegrilde garnalen met knoflook. Hij een salade. We drinken drie flessen rode wijn en veel cognac. We lachen. Hij maakt foto's van de lege flessen, van mijn blote benen. Dronken lopen we, armen om elkaar heen geslagen, terug naar het hotel. In de kamer plof ik op bed, mijn gezicht in de matras. Ik blijf stilliggen tot ik hem uit de badkamer binnen hoor komen. Loom draai ik me om. Hij staat in zijn onderbroek voor me. Ik strek mijn arm uit. Hij komt naast me zitten. Ik streel zijn schouders, zijn armen. Ik buig me voorover en kus zijn voorhoofd en lippen. 'Je bent een klootzak,' fluister ik en ga boven op hem zitten. Ik verstrengel mijn vingers met de zijne. Hij heeft zijn ogen gesloten en lacht. Ik duw zijn armen met kracht naar achteren en knel mijn benen om zijn onderlichaam. Ik maak mijn vingers los uit de zijne, klem mijn handen om zijn polsen, duw zijn armen nog harder in de matras. Ik ga met mijn volle gewicht op hem liggen. Ik pas precies: de armen, de romp, de benen. Alles is even lang, even breed. We hebben dezelfde maat. Ik bijt in zijn schouder. Grijp met mijn handen in zijn haar. Hij slaat zijn armen om mij heen en rolt mij met kracht op mijn rug. Ik pak zijn armen vast en probeer hem van me af te duwen. Hij verzet zich. Onze spieren spannen zich aan. Hij zweeft half boven mij. Heel even. Ik lach. Ik verlies mijn kracht. Hij komt met zijn volle gewicht op mij liggen. We strekken onze armen en benen. Opnieuw zijn we even lang, even breed. Ik krul mij om hem heen en verstop mijn gezicht in zijn schouder. We blijven liggen, heel stil. Hij sluit zijn ogen, begint regelmatig te ademen. Ik staar naar het plafond. Buiten hoor ik stemmen, het gerinkel van glazen, bestek en borden. Ik hoop dat ik kan slapen.

Jezus op de vensterbank

Dit is mijn favoriete moment van de dag. Naar buiten! Zuurstof! Weg van die zweetlucht. Ik duw de deur van Gleason's Gym open en voel de koude lucht tegen mijn gezicht slaan. Ik heb honger als een paard. Mijn spieren zijn verzuurd, ik proef de metaalsmaak nog in mijn mond. Ik blijf even op het trottoir staan om de winterzon op mijn pijnlijke wang te laten schijnen. Ik ben goed geraakt door Diego. Kleine etterbak. Hij wordt steeds beter. *Qué cabrón.* Tijd voor voedsel. Op naar Ramon. Ik kan niet wachten. Een dubbele portie kippensoep met brood.

Ik pak mijn sporttas en hang de bokshandschoenen om mijn nek. Ik loop naar de broodjeszaak verderop aan Front Street. Voor de etalage blijf ik staan. Ik schrik. Alles is anders. De zakken tacochips, de geplastificeerde broodjes en pakken met koekjes. Verdwenen. Alleen maar flessen water. *Chingada.* Ik druk mijn neus tegen de ruit. Op een plank achter de flessen water hangt een briefje. Ik knijp mijn ogen samen. Er staat:

Drink het water
Lees het gebed
Herstel het geloof in God

Ik kijk nog eens goed. Op de plastic flessen zijn verschillende afbeeldingen geplakt. Een groot houten kruis met een ondergaande zon, de Heilige Maagd Maria omgeven door wolken, aartsengel Michaël, Jezus met een vlammend rood hart. Ik trek mijn neus op en grom. *Qué cabronada.* Ik hoef maar twee jaar weg te zijn of een stel gekken jagen een vliegtuig door de torens én de zaak van Ramon gaat over de kop. Wat is er met deze stad aan de hand?

Ik duw de deur van de zaak open en loop naar binnen. De toonbank staat nog op dezelfde plek. Een knap meisje van een jaar of twintig hangt ertegenaan. Ze heeft haar mobieltje tegen haar oor gedrukt en neemt me op met een arrogante blik. Ze kletst op zeurderige toon tegen iemand aan de andere kant van de lijn en rolt met haar ogen. Ik staar naar de vingers van haar rechterhand: lang en slank. Iedere nagel is gelakt in een andere kleur. Op de nagel van haar middelvinger is de Puerto Ricaanse vlag geschilderd. Haar donkere krullende haren hangen tot over haar schouders. Ze heeft een laag uitgesneden wit T-shirt aan. Tussen haar borsten hangen twee ragfijne kettinkjes met blinkende, gouden amuletten. *Qué mamacita.*

Ik knik terwijl ze met een trage beweging een sigaret uit een pakje Marlboro plukt. Ze laat nog een paar snelle zinnen uit haar mond rollen en stopt, met een kort afkeurend klikken van haar tong, het mobieltje in haar achterzak. 'Ik kwam... uh... waar is Ramon?' stamel ik. *Ay.* Ik kan mijn ogen niet afhouden van die zachte massa onder haar shirt. '*Ramon? No está aquí,*' zegt ze kortaf. 'Zijn vrouw is vorig jaar overleden. Ramon woont nu bij zijn nicht in Philadelphia. Hij komt niet terug. Ik heb hier een andere *businesssszz.*' Terwijl ze de langgerekte z tussen haar tanden laat zoemen, beweegt ze haar hoofd lichtjes heen en weer. Net Shakira.

Ik weet niet wat ik moet zeggen. Ik ben in de war. Er kan veel gebeuren, maar Ramon? Die man serveerde hier al twintig jaar soep, koffie, broodjes, burgers. Ramon kende iedere bokser en trainer die hier kwam. Zelfs de broodjes van Mike Tyson heeft hij nog gesmeerd. Hij wist alle verhalen, had foto's van de kampioenen achter zijn bar hangen. Allemaal weg. Nu staan er alleen maar dozen en water. Er is niets eetbaars te vinden. Ik baal. Ik wil soep met spaghettisliertjes en kip. Ik wil zout! Overal staan dezelfde flessen water. Het meisje reikt me er een aan. Op het etiket staart Jezus met een lijdzame blik de hemel in, een doornenkrans in zijn donkere haar gedrukt. Een sliertje bloed sijpelt langs zijn neus omlaag. Op de achterkant van de fles staat een gebedje afgedrukt:

Mijn Jezus,
vergeef ons onze zonden
behoed ons voor het vuur van de hel
breng alle zielen
naar de hemel,
vooral zij die uw barmhartigheid nodig hebben.
Amen.

Ik zet het flesje op de toonbank. Het meisje kijkt me brutaal aan en knikt met haar hoofd: 'Twee dollar per fles. Neem er maar eentje mee. Het zal je goed doen. Het geeft kracht, weet je, in de *mind*.' Ze tikt met haar nagel tegen haar hoofd. Ze lacht. 'Een man als jij kan wel een slokje gebruiken,' knipoogt ze. *Chinga*. Brutaal wijf! Gegeneerd prop ik het flesje in mijn tas en loop, zonder nog een woord te zeggen, de deur uit.

Buiten trek ik mijn sporttas nog eens flink over mijn schouder. Ik baal. Klotebuurt. Alles verandert hier. Twee jaar geleden was hier helemaal niks. Behalve de eettent van Ramon. Nu zijn er ineens een sushirestaurant en een paar hippe galeries met lelijke meubels. Ze gaan zelfs een Starbucks openen op de hoek van de straat. Daar zet ik dus nooit een stap binnen. Echt niet dat ik ga betalen voor zo'n peperdure koffie. Wat nu? Ik steek de Brooklyn Bridge wel over. Ik kan aan de overkant wel ergens een broodje scoren. Het is een flinke wandeling naar Manhattan.

Ik weet het. Maar ik heb absoluut geen zin om nu de metro in te duiken. Thuiszitten, naar de tv staren en mijn tenen tellen... Nee. Dat is geen optie. Dan maar wat extra conditietraining.

Ik fluit zachtjes tussen mijn tanden. Ik loop met stevige pas richting de brug. Mijn maag gilt om eten. Het doet me niks. Niets kan me raken. *I'm focused.* Mij krijg je niet om. In het leven moet je niets verwachten. Je moet vechten. Nu al helemaal. *The serious stuff is happening.* De komende weken moet ik me gaan voorbereiden. Het grote duel tegen Emilio Ferocious Veloso. Alsof ik bang word van zo'n domme naam. *Ferocious.* Echt niet. Hij is een *chicano. Como yo.* En ik ben niet bang voor een Mexicaan. Echt niet. Dan mijn naam. Don Dynamite Diaz. Krachtig, zonder bullshit. Over exact twee maanden en twee dagen staan we tegenover elkaar in Corpus Christi. Ik zal hem alle uithoeken van Texas laten zien. Arturo waarschuwde me dat ik niet overmoedig moet zijn. 'Don, deze wedstrijd is anders,' zei hij. 'Dit wordt uitgezonden op HBO. Dit keer is het serieus. Als je op televisie bent, kijkt heel Amerika mee.' Arturo maakt zich zorgen. Dat zegt hij niet, maar ik zie het aan zijn ogen, ik hoor hem praten met de andere jongens. Ik weet het, Veloso bezit een waanzinnige reputatie. Van de eenendertig wedstrijden heeft hij er maar twee verloren. En hij slaat zijn tegenstanders bijna altijd knock-out. Maar ik ben niet bang.

No mames. Er kriebelt juist iets door mijn lijf, een soort opwinding. *I have a conviction.* Ik ga de wereld laten zien wie ik ben.

Alles staat of valt met deze wedstrijd. Verlies ik, dan kan ik meteen inpakken en terug naar Anaheim. Win ik, dan kan ik achter mijn droom aan. Ik wil het al zo lang. Het grote duel tegen *superchamp* Billy Boom Boom McDouglas, de slachter uit Boston. Ik zal nog een paar andere wedstrijden moeten doen. Hier in Gleason's tegen een jongen uit de Bronx. En er is kans op een wedstrijd in Holland. Tegen een of andere vent uit Polen. Maar als ik Veloso versla, ziet McDouglas me misschien wel staan. Dan wil hij het tegen me opnemen. Drie kampioensriemen in het middengewicht heeft die klootzak. *Huevón.* Hem tegen de vlakte slaan, dat is het ultieme, ik wil die kans krijgen, ik móet die kans krijgen.

De afgelopen dagen ging het goed, in de ring. Gisteren sparde ik vijftien rondes achter elkaar tegen Diego. Ik ging nog door met stoten terwijl hij al kreunend in de touwen hing. De jongens in de gym zeiden tegen me: je lijkt wel een Duracell-konijn. Dat klopt. Arturo heeft een simpel motto: conditie is alles. Hij zegt: 'Een bokser die knock-out wordt geslagen heeft geen uithoudingsvermogen.' Arturo is ervan overtuigd dat ik deze wedstrijd ga winnen. 'Veloso gaat voor de *big punch,*' zegt hij. 'Zijn favoriet is de linkse hoek. Maar hij kan met beide handen flinke klappen uitdelen. Dat is gevaarlijk. Het publiek gaat ervan uit dat jij het loodje zal leggen. Maar ze hebben het mis. Jij gaat hem knock-out slaan, *comprende*? In de vierde of vijfde ronde. Dat is het plan. Maar mondje dicht, oké?'

Het vriest, maar de zon schijnt. Ik vind het lekker, de wind snijdt in mijn gezicht. Als ik blaas zie ik mijn eigen adem. Eigenlijk hoeft Arturo zich echt geen zorgen te maken. Veloso mag er dan imposant uitzien, met zijn opgezwollen latinokop en zijn lelijke nektattoo, maar het is een watje. Ik ga die beul eens flink afmatten.

Oef. Ik moet even stilstaan. Ik voel een kramp in mijn maag. Ik vind het lekker om mijn verlangens uit te stellen. Misschien omdat ik weet dat er verlossing komt. Straks is er brood, soep, iets. Ik blaas in mijn hand. Ik ruik de rotte geur van mijn eigen organen. Het is niet vies. Nee. Ik ben gewoon leeg vanbinnen, totaal leeg. En zo hoort het. Ik heb niks nodig. Niet meer. *Ay, Dios mío.* Ik heb het allang begrepen. *Mind over matter.* Het hoofd beslist. Het lichaam volgt.

Morgen gaan we naar Woodridge. Arturo zei dat het een gehucht is, in het noorden, ver weg van deze stad. Stan, mijn manager, haalt me morgen op. Sam en Oscar, mijn sparringpartners, komen later. Op die plek wordt het echt afzien. Vanochtend, in de douche, waren de jongens al aan het geinen. Ze stonden te schudden met hun billen en maakten rukbewegingen. 'Hey, *champ*, straks kun je niet meer slaan met je rechterhand. Die wordt natuurlijk lam!' 'We hebben al een chick voor je gebeld. Ze komt wel een weekendje bij je langs!' Ik moest lachen, *seguro*. Maar ik huiver. Afzien is het ergste. Dat weet iedere bokser. Arturo al helemaal. Hij is bang dat ik ontspoor, juist nu, omdat ik weet dat ik me moet opsluiten. 'Gewoon naar huis gaan na de training,' zegt hij iedere keer. 'Goed eten, goed slapen. Geen drank, geen drugs, geen clubbezoek. *And no playing around, comprende?*'

Ik hou er wel van: de soberheid, de regelmaat, de eenzaamheid. Maar het meest klote vind ik... nou ja, je weet wel. Na een maand word ik er gek van. Dan sta ik op springen. Twee jaar geleden ging ik naar Latrice. Ik zag haar vaak. Die lippen van haar. Ze weet wat ze doet. Stevig, niet te hard, precies goed. *Qué mamada*. Nu heeft ze een kind en is ze altijd boos op die *pendejo* van haar. Getrouwd met een gorilla. Jammer. Ik heb mezelf gedwongen haar niet meer te zien. Dat is ook wel goed. Ik moet geen energie verspillen aan vrouwen. *Tía* zei altijd: *Sige las estrellas*. En die sterren staan gunstig. Eindelijk. Mijn moment is nu. Ik ben altijd sterk geweest. Ze noemden me al kampioen voordat ik ooit met een echte wedstrijd in de ring had gestaan. Sammy, de eigenaar van de gym in Anaheim, zag hoe ik iedere dag trainde. Hij liet me sparren met andere jongens. Hij zei dat ik mee moest doen met de Golden Gloves, de amateurwedstrijden in New York. Middengewicht. Zo kwam ik bij Gleason's terecht. *The place to be.* Zelfs Ali trainde hier voor de Gloves. Toen ik net begon, had Arturo een hekel aan me. *Grumpy old bear.* Hij vond me een aansteller, een praatjesmaker. Maar toen ik hem vertelde waar ik vandaan kwam en dat ik in Anaheim drie jaar in de bouw had gewerkt om genoeg geld te hebben om naar New York te gaan, won ik zijn respect. Ik vroeg of hij mijn trainer wilde worden. Hij accepteerde. Arturo is *tough* maar rechtvaardig.

Ik won de Gloves. Daarna kon ik door. Als profbokser. Bij Arturo. Hij leerde mij dat het er niet om gaat de tegenstander pijn te doen. 'Bij een goede wedstrijd raakt niemand gewond.' Dat is wat hij altijd zegt. 'Het gaat om winnen, maar het moet er ook goed uitzien. Het is de stijl, *comprende*?' Arturo leerde me hoe ik in een vloeiende beweging zowel kan stoten als ontwijken. 'Je moet nooit stilstaan. Je moet dansen.' Het is als rennen. Maar dan op dezelfde plek. Niet vooruit.

De Sonorawoestijn in Arizona. Dat is waar je niet moet stilstaan. We waren uit El Cargadero vertrokken. *Mi papi y yo.* We moesten de *coyote* allebei 2000 dollar betalen. Maanden hadden we gewacht voordat we de grens konden oversteken. Eerst wilden we het proberen tussen San Diego en Tijuana. Een slecht idee. De Amerikanen hebben er twee muren gebouwd. Tussen El Paso en Juárez lukte ook niet, naast de Rio Grande hebben ze een kanaal gegraven. Er was maar één oplossing. De woestijn. Dat was de beste plek.

Ik had geen angst. Het was net een film. We waren met een hele groep. We rookten sigaretjes in de truck. Later rookten we in de struiken. Ik was nog een jongen, maar mijn vader begreep het wel. Soms moet een man roken. We hebben ons kapotgerend. Het was pikdonker, doodstil, ik zag duizenden sterren. De volgende dag, in het daglicht, werd een deel van de mannen gepakt. Wij niet. Twee dagen volgden we de *pollero* door die klotewoestijn. Mijn vader en ik, we hielden vol. Het was *heavy*. Om acht uur 's ochtends was het al snikheet. We waren zuinig met het water. Het lukte ons. We gingen niet dood. In Arizona zou een man ons oppikken. Eerst geloofde ik het niet. Was ik bang dat er niemand zou staan. De coyote leek me een onbetrouwbaar stuk vreten. Maar hij was er, onze chauffeur. Een kleine man met grijs haar en een blauwe Ford-pick-uptruck. Hij gaf ons een lift naar Californië. We wisselden nauwelijks een woord. Vanaf de achterbank keek ik af en toe naar de man in de achteruitkijkspiegel. Een goede vent, dat zag ik. Ik zal zijn gezicht nooit vergeten. Ik was zo dankbaar. Ik had rust. Op dat moment wist ik het zeker. Ik ga in dit leven vooruit, alleen vooruit.

Anaheim. Dat is waar we gingen wonen. Californië.

Het klonk altijd als een droom, maar voor papa was het schoonmaken en afwassen en bouwen. Honderden badkamers en keukens werden door zijn handen in elkaar gezet. *Viva la vida rica.* Het was zwaar, maar we hadden ook geluk. Vier jaar lang waren we illegaal. Toen kreeg *el presidente* een goed plan. Ineens konden we een verblijfsvergunning krijgen. Niet alleen ik. Een heleboel van ons. We hoefden niet meer te leven in onderhuur, of te wonen bij anderen. We konden een eigen huis huren. Een mooi klein huis, met een grote veranda en een tuintje. Toen we daar de eerste dag zaten, buiten op de trap, zei papa: 'Begrijp je het nu? Wie vecht, die komt er.' Vanaf dat moment ging ik naar de gym, iedere dag. *Pam-pam-pam.* Tegen de zak, sparren met de jongens. Sammy floot vaak bewonderend door zijn tanden. Hij was onder de indruk van mijn snelheid, mijn uithoudingsvermogen. Hij zei: '*Don, you're like a dancer.*'

Ik sta stil op de brug en pak het flesje water uit mijn sporttas. Ik schroef de dop los en kijk naar het plaatje van Jezus. Nogal gelikt. Hij ziet er knap uit met die lange haren, aantrekkelijk bijna. En die lijdende blik, die hij ten hemel slaat, net Rosa. Ik neem een slok. Nee. Ik wil niet aan haar denken. Het water is een beetje zoutig. Lekker. Ik neem nog een slok. De metaalsmaak in mijn mond wordt minder. *Bueno.* Ik adem de frisse lucht met volle teugen naar binnen. Het is alsof alles knispert. Ik voel de spieren in mijn lijf, ik voel het bloed pompen door mijn aderen. Het uitzicht op Manhattan is super. Het is raar om het opnieuw te zien. Nu, twee jaar later. Nu alles is veranderd. Ik kijk naar de plek. Ik steek twee vingers in de lucht en houd ze precies daar. Vreemd. Ik denk aan mijn oom Julio zonder zijn kunstgebit. Als hij lachte zag je onderin twee tanden naast elkaar staan. Vlak voor zijn dood vielen die ook uit zijn mond.

Twee jaar geleden moest ik terug naar Anaheim. Ik had geen geld meer. Ik kon de huur van mijn kamer niet meer betalen. De wedstrijden leverden te weinig op. Ik vertrok naar *mi papa*. Ik werkte in de bouw, knipte de heggen van de rijken, maakte hun zwembaden schoon, trainde me suf. En ineens, zomaar, zonder dat ik het doorhad, woonde ik in een leeg huis. Papa. Hij had niets gezegd. Jarenlang werkte hij zich een ongeluk, stuurde mijn tantes geld. *Qué cabrón.* Hij had het verborgen. Voor iedereen. Hij was zo trots, hij wilde niet falen, geen schaamte voelen. Hij wist dat hij niet meer voor mij kon zorgen. Hij wist dat hij mij ging verlaten. Die gedachte vond hij zo ondraaglijk, dat hij haar wegdrukte. En ik voelde het wel, al die tijd, ik zag het. Hij zweette veel. Te veel. Soms kromp hij ineen van de pijn, greep zijn buik vast. Een keer zag ik bloed in de wc. Ik heb er niks van gezegd. Want ik voelde aan alles dat hij maar één ding wilde: vooruitgaan. Pas toen hij het niet meer kon verbergen, de hele dag op bed moest liggen, vertelde hij het mij. Maagkanker. Twee weken later was hij dood.

Ay. Tengo hambre! Mijn maag schreeuwt het uit. Nu trek ik het niet meer. Ik moet opschieten. Ik ga wel rennen. *Tak, tak, tak.* Lekker, mijn voeten op het hout van de brug. Ik voel me machtig, sterk, onverslaanbaar. Ik ren langs een oud echtpaar, wijk uit voor een paar fietsers, bots bijna tegen een blond meisje op. 'Sorry, sorry!' Ik grijns mijn tanden bloot. Ik trek een sprintje tot aan het einde van de brug.

Een paar straten verderop staan een paar mensen voor een eettent. Ik sluit me aan achter twee jongens met punkhaar. Ze dragen dikke zwarte zonnebrillen. Ik wacht tot er een plaatsje vrijkomt. Kantoormensen bestellen broodjes, lopen in en uit, drie mannen in blauwe werkoveralls zitten aan de bar en eten dampende chili met gesmolten kaas en *sour cream.* Een mandje met dikke gele frieten staat tussen hen in.

Een meisje met lang blond haar en sproetjes wenkt me en brengt me naar een tafeltje in de hoek van het restaurant. Terwijl ze me een glas water met ijsklontjes inschenkt, bekijk ik de menukaart. Ik wil alles. Uienringen, macaronischotel, hamburger, friet... Ik grijp in mijn sporttas om te checken hoeveel geld ik bij me heb. Ik vind een briefje van twintig dollar. Ik zie de waterfles. Even lijkt het engelachtige gelaat van Christus te glimlachen. *Qué madres.* Snel sluit ik de tas. Opnieuw kijk ik naar de kaart. Rechtsonder staan de lunchspecials voor 6 dollar 99. Beeftortilla met koolsalade. Caesar salad met gegrilde kip. Ik wenk een ander meisje dat net vanachter de klapdeur van de keuken verschijnt. Ze heeft kort zwart haar en een prachtige, romige huid. Haar lippen zijn knalrood gestift, haar ogen omringd met dikke zwarte eyeliner. 'Ik wil graag nummer twee van de specials, met twee glazen melk.' 'Is dat alles?' vraagt ze met een grijns. Ik knik. Ze draait zich om en loopt richting de keuken. Ik kijk haar na. Ze draagt een strak kort rokje met daaronder een knalroze panty. Aan haar voeten een paar zwarte sandalen met hoge hakken. Bij elke stap zwikt ze een beetje door haar heupen. Sexy. Ik neem een slok ijswater. Het smaakt naar chloor.

De telefoon gaat. Het is zaterdagochtend. Stan aan de lijn. 'Tijd om te gaan, champ. Ik sta zo voor je deur.' Ik smeer snel een boterham met pindakaas en spring al kauwend onder de douche. Even later hoor ik getoeter. Vanuit het raam zie ik de zwarte SUV van Stan aan de overkant van de straat ronken. De achterbak zit propvol. Stan heeft voor twee maanden proviand ingeladen. Blikken appelmoes, pindakaas, *wonder bread*, gedroogd rundvlees, pakken cornflakes en havermoutvlokken, gecondenseerde melk. Ik loop naar beneden en vraag of we langs de oude zaak van Ramon kunnen rijden. Stan reageert knorrig. '*Come on, man.* Dan moeten we een stuk omrijden.' ''t Is belangrijk.' Ik zeg het zo nonchalant mogelijk en geef hem een klap op zijn schouder. Zonder een woord te zeggen rijden we richting Front Street. Ik schaam me, Stan zal me raar aankijken, maar ja, ik moet dit doen. Heilig water. *That's what I need.* Ik wandel de zaak binnen. Achter de toonbank zit een dikke man een krantje te lezen. Ik wijs op de flessen. 'Dertig graag. Alleen met Jezus.' Als ik de flessen inlaad, trekt Stan zijn wenkbrauw omhoog.

Bij Gleason's pikken we Arturo op. We rijden over de New Jersey Turnpike naar het huis van Floyd, Arturo's assistent. Hij staat al klaar op de oprit. Een grote koffer naast hem op de grond. Zonder een woord te zeggen stapt hij in. Onderweg naar Woodridge is het stil. Floyd is geen prater en Arturo heeft een ochtendhumeur. Stan trommelt onder het rijden onrustig met zijn vingers op het stuur. De manager van Veloso heeft nog steeds niks ondertekend. *Pendejo.* Ik kijk uit het raam. Lekker. Ik voel me goed. Relaxed. Ik hou van dit deel van Amerika. Hier is het groen, veel bomen. Totaal anders dan mijn land. Zacatecas, de staat waar ik vandaan kom, heeft helemaal niks. De aarde is er droog. Bonen en pepers, dat is wat de grond voortbrengt. En niemand die nog zin heeft om dat te verbouwen. Er is ook niemand die het koopt. Het voedsel komt nu allemaal uit Amerika. Geen Mexicaan die zijn eigen spullen eet. Onze dorpen liepen al jaren leeg. Niemand die in het stoffige gebied wil blijven, in de droogte en de leegte. *Pueblos fantasmas.* Zo noemen we dat. Dat is waar ik vandaan kom, een spookdorp, met alleen vrouwen en kinderen. Steeds meer mannen vertrokken naar Californië. Mijn ouwe wilde ook. Hij trok het niet meer. Hij zei tegen mij: 'Je moeder is dood, het is jij en ik alleen. Waarom hier blijven?' Hilaria Miranda Ureño. Mijn arme tante. Ze huilde, zo hard. Ze hield mijn gezicht vast en zei: 'Nu zie ik nooit meer de ogen van je moeder.' *Pobre tía.*

Ik moet even slikken. Mijn arme vader. Onder de grond. Ik leun tegen het raam. Langzaam worden de Walmart, Starbucks en McDonald's vervangen door eenzame pompstations en grijze houten huizen. Het begint te sneeuwen. Al snel is het landschap bedekt door een dun wit laagje. Bruinige blubber scheidt de weg van het land. 'We zijn er zo,' zegt Stan. Ik tuur door het raam. Wat een *shit hole.* Woodridge bestaat uit een paar kroegen, twee tankstations en wat krakkemikkige houten huizen. Overal zijn de deuren en luiken gesloten, ik zie geen mens. Alsof ik weer in Zacatecas ben. Maar dan zonder zand.

Stans trainingskamp ligt verscholen achter een haag esdoorns. Er staan drie houten huizen en een open schuur. Bij het uitstappen voel ik mijn voeten wegzakken in de sneeuw. Samen met Stan draag ik de dozen naar het eerste gebouw. Een goedkoop vakantiehuisje, meer is het niet. Ik zet de boodschappen op een tafel en kijk om me heen. Het tapijt op de grond is donkergeel, de gordijnen vaaloranje, verschoten door de zon. De bank en stoelen hebben plekken op de zitvlakken. Er staat wel een tv in de hoek. Gelukkig. 'Doet ie 't?' Stan knikt. Ik staar naar een enorme muurposter van een oranjekleurig strand vol palmbomen bij een ondergaande zon. Shit.

'Zet die doos maar in de keuken,' zegt Stan. Hij wijst naar de ruimte naast de woonkamer. Naast een piepklein aanrecht staat een fornuis met een elektrische kookplaat. De ijskast staat op de gang. Ik loop de trap op en zie twee kleine slaapkamers en een badkamer met een groen bad. Er hangt een druppelende douchekop boven. 'Kies maar waar je slaapt,' roept Stan onder aan het trapgat. 'Dit huis is nu van jou.' Hij zegt dat hij nog fruit, vlees en groenten zal brengen. 'Ik ga zo terug naar New York!' roept hij terwijl hij naar buiten loopt. 'Floyd blijft bij je. Hij slaapt met Sam en Oscar in het andere huis. Het is goed dat je hier alleen zit, champ.' Ik haal de rest van mijn spullen uit de sporttas en leg mijn kleding in stapeltjes op het bed. Ik hang een foto van *mi viejo* aan de muur en pak een dozijn waterflessen uit de doos. Ik zet ze op een rijtje op een plank onder de foto. Twaalf keer staart Jezus omhoog naar mijn vader.

Ik ben klaarwakker. Het beangstigt me. Ik ben nooit bang, maar zo stil als het hier is. Ik zeg tegen mezelf: *no mames*. Niet zeiken. Maar het helpt niet. Buiten is het pikdonker. In New York is het anders. Daar is overal straatverlichting. 's Nachts zijn er altijd mensen op straat. Hier hoor ik niks, helemaal niks. Behalve het druppen van de lekke douchekop. Ik denk terug aan Anaheim. Uren zaten papa en ik voor de televisie. Van Sammy had ik oude videobanden gekregen. Met de grote partijen: Sugar Ray Leonard, Marvelous Marvin Hagler, Ray Boom Boom Mancini. Gevechten waar mensen nog jaren over spraken. Ik zie Jake LaMotta voor me. Mijn grote held. *Raging Bull*. *Cabrón*, wat is die film goed. Ik heb hem wel vijftien keer gezien. LaMotta was zo'n lul, een botterik, agressief. Pfff... Echt gevaarlijk. Mensen die de film hebben gezien denken dat we allemaal zo zijn. Boksers. Agressieve klootzakken. Een man die zijn vrouw door het huis slaat. Dat zou ik nooit doen. *No no no*. Ik zal een vrouw altijd met respect behandelen. Zoals ik Rosa heb gerespecteerd. Zo mooi, haar donkere ogen, haar kleine oortjes. Als we op de motor naar Jerez reden en zij haar neus tussen mijn schouders duwde... Man, ik was zo gelukkig.

Als ik pijn in mijn hart heb, dan is het om haar. Ik spreek er nooit over. Nooit. *Mi viejo*, hij had wel een vermoeden. Maar hij heeft mij nooit iets gevraagd. Ik denk nog vaak aan die momenten. Tante Hilaria was er niet. Wij lagen in mijn slaapkamer op bed. Ik met mijn gezicht onder haar T-shirt, tussen haar borsten. Ik kon er eindeloos naar kijken. Zo klein en puntig. Haar huid, zo licht. Haar donkere krullen. Als ik erdoorheen ging met mijn handen kon ik de huid eronder nauwelijks zien. Haar schouders, haar rug. Zacht, vol piepkleine haartjes. Ik kon het niet geloven. Dat ik haar mocht aanraken. Zo dicht bij haar mocht zijn. Rosa. Soms haat ik het leven. Ik heb zo vaak afscheid moeten nemen. Te vaak. Het is wreed. Ik wil dat niet meer. *No más. Comprende. No más!* Degene die je vertrouwt gaat altijd weer weg. Uiteindelijk moet je het alleen doen. Ik ben LaMotta. Moedig met doorzettingsvermogen. Dat is waar het om gaat. *You never got me down, Ray.* Dat is wat hij kapotgeslagen in de ring tegen zijn tegenstander Sugar Ray zegt. Dat is wat ik tegen Veloso zal zeggen. Dat is wat ik tegen Amerika zeg.

Ik val in slaap. In een soort sluimertoestand zie ik mijn vader staan, in de tuin voor ons huis in Anaheim. Hij draagt een blauwe overall. Hij staat met zijn blote voeten in het gras. De zon schijnt fel in zijn gezicht, de wind blaast zijn witte haren naar voren. Hij staart voor zich uit. Uit het huis komt muziek. Het is Leo Dan, zijn lievelingszanger.

Adiós, adiós, mi México lindo
mañana, mañana me iré

adiós, adiós, México querido
yo nunca olvidarte podré

Ineens zit ik in een trein. Ik wil iets tegen hem zeggen. Ik roep mijn vader. Kijk uit het raam. *Dónde estás? No estás solo!* Maar hij staat er allang niet meer. Hij is verdwenen. Dan is alles donker. Ik voel dat de trein begint te rijden. De wagon schudt heen en weer. Ik hoor een snerpend geluid. De wekker gaat af.

Het is zeven uur. Ik doe mijn trainingspak aan, smeer twee boterhammen, drink een glas sinaasappelsap, pak een waterfles en wandel door de knisperende sneeuw naar het houten gebouw waar het trainingskamp is opgezet. Ik open de deur. Midden in de grote zaal staat de boksring. Rechts in de hoek zit Floyd een krantje te lezen. 'Hey, champ!' zegt hij met barse stem. 'Kom. Ik ga je handen intapen.' Terwijl hij de lange rode linten om mijn handen bindt, legt hij de strategie uit voor de komende weken. 'Ik ben er, dag en nacht. Arturo komt elke week drie dagen, hij zal goed op je letten en ook aanwijzingen geven. Maar je luistert naar mij, oké? *I'm your man.* We gaan werken aan je verdediging. Je hebt een goede conditie, maar je moet je stijl aanpassen. Veloso wil je pijn doen. Je moet zo snel zijn dat hij je niet kan pakken. Als hij komt, dan ben je er, maar je bent er ook niet. *You're gonna be like a ghost.*'

Floyd maakt mijn handschoenen vast. Dan drukt hij op de bel. Ik plaats een eerste combinatie stoten op de zandzakken. *Bwam! Bwam! Bwa-bwa-bwa-bwa-bham!* Dit gaat goed. Links, rechts. Tegen de zak. En eromheen. Opnieuw. Links, rechts. *Cabrón.* Lekker. De bel gaat. Ik krijg een minuutje pauze. Dan gaan we weer. *Bwam! Bwam!* Ik voel een vonk overslaan, alsof er uit het niets een vuur is aangewakkerd, een inwendige storm die door mijn longen en keel jaagt. Alsof de energie uit mijn lichaam spettert, alsof ik elektrisch geladen ben. Het lijkt wel of de vonken uit mijn oren slaan. Dit is het. *I got the power.* Ik ga mijn lichaam zo sterk maken dat iedere spier, iedere vezel gespannen is. Ik moet mij hard maken tegen de klappen die gaan komen. Pas dan kan ik dit lijf controleren, mijn geest disciplineren. Hij kan het krijgen. Vuile *chicano.* Met-zijn-mooie-praatjes-en-zijn-mooie-pakjes. *Maricón.* Ik! Ga! Winnen!!

De bel gaat. Weer een minuut pauze. Ik loop rond, schud mijn kuitspieren, ga weer voor de zak staan. Iets voorovergebogen, linkervoet voor, rechter achter, de handen met de bokshandschoenen beschermd voor het hoofd. Razendsnel laat ik weer een stootcombinatie op de zak los. Dubbel links-rechts. Links-rechts-hoek. Links-rechts-hoek-hoek! Floyd slingert af en toe een opmerking naar mijn hoofd. 'Harder! Let op je linkerhoek! Hoger! Je vergeet je verdediging!' Ik plaats verschillende combinaties op de zandzak, totdat de bel opnieuw gaat. Ik neem weer pauze, pak het springtouw, spring, neem pauze, druk me op, neem weer pauze, train mijn bovenarmen, neem pauze, richt me weer op de zandzakken. Pfff. Water. Het zweet gutst van mijn voorhoofd. Ik pak de handdoek en veeg mijn gezicht af. Arturo knikt tevreden. 'Gaat goed, man.' De fles met water staat op de vensterbank. Het zonlicht schijnt door het gezicht van Christus. Ik schroef het dopje van de fles en neem een flinke slok. Buiten is het overweldigend. Het zonlicht wordt weerkaatst door de sneeuw. Het land schittert. Voor het eerst in jaren voel ik me vrij. Echt vrij. Ik heb alles achter me gelaten. Alles. Ik kan niets meer verliezen, ik ben het allemaal al kwijt. Niemand die mij nog wat vraagt. Behalve Floyd. En Arturo. Zij zijn mijn geweten. Wij zijn een team, wij denken als één man, we willen hetzelfde doel bereiken. Zachtjes kus ik de beeltenis van Jezus en zet de fles terug bij het raam.

Het sneeuwt, elke dag opnieuw. Ik ben in trance. De dagen verlopen volgens hetzelfde patroon. In de ochtend eet ik twee boterhammen, drink een glas sap, pak een fles heilig water uit de ijskast, zet het bij het raam van de gym. Ik spar, ik sla me suf, ik zweet, ik ga door. Sam en Oscar hebben het zwaar met me. Ik vlieg, ik dans. Ik weet nu: Jezus helpt mij. Zoals hij me altijd al heeft geholpen, zoals hij er ook was die nacht dat we de grens overstaken. Al die tijd wist ik het niet. Maar nu voel ik zijn kracht.

Na de lunch neem ik een rustpauze. Ik eindig de dag met een sessie met een van de jongens. We sparren op Jay-Z, James Brown, Celia Cruz. Super. Soms ga ik buiten rennen. Dat doe ik eigenlijk nog liever. De tochten door het besneeuwde landschap. De eenzaamheid. Ik kan me er echt op verheugen. Het is bijna magisch: de strakblauwe hemel, het land bedolven onder een dikke laag sneeuw. Alles roerloos, ieder geluid gedempt. Als ik ren, hoor ik alleen mijn eigen adem, mijn eigen voetstappen. Ik hou van dat geknerp onder mijn voeten. Het is alsof ik de enige op de wereld ben. Ik kan alles loslaten... Ik voel me als een hert, dicht bij God. Het is een rare gedachte, een nieuwe gedachte. Ik zal het nooit aan iemand vertellen. *Nunca.*

En er is nog iets wat ik niet vertel. Iedere avond voor het slapengaan zet ik een nieuw leeg flesje heilig water op de vensterbank van de tweede slaapkamer. Er staan er al meer dan twintig. Ik ga ervoor zitten op mijn knieën. Ik bid. Net als vroeger, met mijn moeder, in de kerk in Jerez. Na haar dood zijn we niet meer gegaan. *Mi padre y yo.* Maar nu, ineens, komt het terug. Ik denk vaak dat ze naast me zit, *mi mama.* Ik vraag aan Jezus om te waken over haar. Over papa. Over mijn lichaam en geest. Ik vraag hem: leer mij alles beheersen, leer mij om nooit meer te denken aan burgers en friet, bier of rum. *No.* Laat mij niet meer verlangen naar de mond van Latrice, naar de haren van Rosa. Leer mij de eenzaamheid te omarmen, leer mij alles positief te zien. Ik ben de meester van mijn gedachten. Laat mij zuiver worden, zo zuiver als het heilige water. Dat is mijn missie, ik laat er nu niets meer tussen komen. *No.* Als ik fysiek alles aankan, kan ik ook geestelijke pijn weerstaan. Dan ben ik een tijger in de ring. Oppermachtig aan Veloso.

Nog vier weken te gaan. Het is nacht. Iedereen zit in New York. Ik ben dit weekend alleen. Arturo moest naar een reünie. De jongens moesten er even uit. Hun vriendinnen begonnen te klagen. Ik vond het wel oké. Zaterdag heb ik een rustdag genomen. Dat moest, zei Arturo. Maar ik werd er wel een beetje gek van. Arturo had me een paar oude *Playboys* gegeven. Stiekem, Floyd is ertegen. Ik ook. Maar ik had ze aangenomen. Ik was 's middags op de bank gaan liggen, had tv-gekeken, de *USA Today* doorgebladerd. De tijdschriften lagen naast me, op het tapijt. Ik verveelde me. Ik pakte de *Playboy*. Keek naar Tania, naar Estrella, naar Sylvie. Ah man, ik werd gek, ik werd hard. Keihard. Het moest. Na een halfuur nog een keer. Daarna voelde ik me sloom, ontevreden, lusteloos. Ik keek naar die stomme meubels, die vale gordijnen, die domme muurposter met de ondergaande zon. *Chinga.* Ik had genoeg van dit stinkhol. Maar ik bleef binnen.

En nu lig ik al uren wakker. Ik denk aan mijn vader, Rosa, Hilaria. Aan ons huis in Anaheim. Het was klein, maar genoeg. Papa maakte vaak aan het eind van de dag het huis schoon. Dan draaide hij de liedjes van Leo Dan en zong zachtjes mee. Hij was netjes. We hadden een veranda. Fernando, de buurjongen, kwam vaak langs met zijn gitaar. Op de veranda speelde hij voor mijn vader Mexicaanse liedjes. Hij kwam ook uit Zacatecas, net als ik. Uit Casa Blanca, een ander dorp. We begrepen elkaar. We kenden allebei de droogte, de verveling. Toch waren we blij met onze herinneringen. Fernando zei vaak: *Su tierra es su corazón*. En hij heeft gelijk. Ik ben vrij, ik voel me steeds sterker, maar vannacht weet ik ook: je komt nooit los van de plek waar je vandaan komt.

Ik pak een fles van de plank en staar naar het gezicht van Jezus. 'Zeg me dan wie ik ben!' roep ik tegen hem. Ik voel tranen in mijn ogen prikken. '*Pinche huevón*. Zeg iets. Laat me weten dat het klopt. Dit. Hier. Laat me niet alleen.'

Ik droom. Tenminste, ik denk dat ik droom, ik ben niet echt wakker, maar ook niet in slaap. Ik zit weer in de trein, alleen, de coupé stinkt naar sigaretten en zweet. In het rek boven mijn hoofd liggen een heleboel bokshandschoenen. Stapels oude, kapotte, donkerbruine handschoenen, de veters verknoopt met elkaar. In de stoelen om mij heen liggen zandzakken, sommige zijn opengescheurd. Het zand uit de zakken stroomt op de grond, de trein begint steeds harder te rijden, de coupé begint te schudden, steeds harder en harder, de bokshandschoenen vallen uit de rekken op de grond, rollen mijn kant op. Ik heb een gebraden kippenpoot in mijn hand. Ik neem een hap. Bokshandschoenen vallen op mijn hoofd. Het zand uit de zakken begint over mij heen te stromen. Ik bijt in de kip, mijn mond zit vol zand. Een vrouw met een fles wijn komt voor me zitten en lacht. Haar tanden zijn fonkelend wit. Ik neem nog een hap kip en proef alleen maar zand. Alles om mij heen voelt droog. Het is donker, ik kan niet meer ademen, ik stik... Met een hevige schok word ik wakker. Het is licht. Ik sta op en smeer een boterham. Buiten hoor ik Stans SUV het pad op rijden. Ik ben gesloopt. Misschien voel ik me na de training wat beter. Ik wandel met een flesje water naar buiten, de zon schijnt fel op de sneeuw.

Ik geef Sam een klap op zijn schouder. 'Goed weekend?' vraag ik. Hij glimlacht van oor tot oor. '*Damn good.*' We beginnen. Ik doe de gebruikelijke combinaties tegen de zakken. Floyd kijkt ontevreden toe. 'Je uppercut is zwak!' bromt hij. 'Je zet er niet genoeg kracht onder.' Hij is chagrijnig. Ik kijk met een schuine blik naar Jezus. Dan ga ik de ring in. Sam heeft er zin in. Hij is snel, een weekendje feesten heeft hem blijkbaar goed gedaan. We draaien om elkaar heen. Bam! Hij komt door mijn verdediging heen. Shit! Hij slaat opnieuw. Raakt me in de lever, in de nieren. 'Wat is dit nou, man,' roept Floyd boos. 'Let op je verdediging!' Bam! Ik krijg een flinke klap tegen mijn slaap. Ik ga tegen de grond. Ik vloek. '*Chinga tu madre!*' Nou word ik pissig. Ik sta snel op. Arturo komt net binnen. Hij heeft het gezien. Hij knalt meteen zijn commentaar eruit. '*Qué pasa! Oye, Don, listen.* Wat is er mis, man! Waar zijn je *bolas*? Een week geleden had ik nog al mijn geld op je gezet. Waar is Mister Duracell? Kom op, Don. Ik zie geen *tough fighter*. Waar is je concentratie! Als je je straks in het gevecht zo gedraagt, kun je in de eerste ronde al worden weggedragen!' Ik stap uit de ring en neem een slok water. Arturo houdt een natte doek tegen mijn slaap. Floyd bindt opnieuw mijn handen in.

Ik stap onder de touwen door, terug in de ring. Sam valt me onmiddellijk aan. Dubbele punches in de maag, hij raakt opnieuw mijn hoofd, mijn neus. Arturo roept hem vanachter de touwen aanwijzingen toe. 'Je moet je beter concentreren. Uitwijken, zoef, zoef, je bent hier, je bent daar. Oké? Je zet die rechterhoek te laag in. *You're a pussy, man!* En je linkerhoek is zwak. In dit gevecht zal het om de punten gaan. Maar als je hem neerslaat, dan moet je hem ook echt neerslaan.' Ik begin kwaad te worden. Ik probeer Sam te ontwijken, maar hij weet me steeds te raken. Hij is onverzadigbaar. Ik word in de hoek gewerkt. '*Qué haces, cabrón!* Wat heb jij gesnoven dit weekend!' Opgekruld hang ik in de touwen. 'Doe dan iets, man, je moet eruit, eruit!' roept Arturo. Wanhopig begin ik terug te maaien. Ik sla Sam op zijn maag, op zijn rug. 'Dat is wel het laatste wat ik je heb geleerd!' schreeuwt Arturo. 'Lafbek!' Woedend duwt Arturo zijn pet over zijn ogen en wandelt het pand uit. Met een klap slaat hij de deur achter zich dicht. Ik kijk hem na door het raam. Ik zie hem vloekend door de sneeuw schoppen en naar de auto van Stan lopen. Hij start de motor en rijdt weg. Ik pak mijn fles heilig water uit de vensterbank en neem haastig een slok. Ik sluit mijn ogen en laat het vocht langzaam door mijn keel glijden. *Damn!* In mijn slaapkamer staat nog maar één fles. En nu is Arturo weg.

Die nacht val ik opnieuw moeilijk in slaap. De woorden van Arturo zingen door mijn hoofd. Hij belde, vlak voordat ik naar bed ging. Hij verontschuldigde zich, zei dat er issues zijn met Stan. Dat hij zich zorgen maakt. Veloso's manager heeft nog steeds niks ondertekend. '*But don't you worry, champ. It's gonna be fine.*' Ik had Arturo willen vragen of hij naar de waterwinkel wilde gaan. Voor een dozijn flessen. Maar ik durfde niet. Ik was bang dat hij me een *pendejo* zou noemen. Dat ik een sukkel ben om te denken dat er ook maar iets anders dan kraanwater in die flesjes zit. Ik weet ook wel dat het raar is. *I know.* Maar toch... Het geeft mij kracht. Ik ben geen *maricón. No way, man. No way.* Ik kijk naar de volle fles op de plank naast mijn bed. Jezus glimlacht, een beetje. Het is goed zo. *Tengo peace. In my mind.*

De volgende dag gaat het beter. Ik train alleen met Floyd, werk aan mijn conditie, doe combinaties, werk aan mijn uppercut. Daarna ga ik met Oscar in de ring. Hij is sloom, traag als een slak. Het is irritant, maar het stelt me gerust. Ik vlieg, ik dans, ik weer alles af, mijn verdediging is top! Mijn laatste fles met water staat in de vensterbank. Het licht schittert erdoorheen. *Gracias*, mompel ik. Ik heb het nog steeds. Gelukkig.

Rond twaalf uur kap ik ermee. Ik bak een steak, eet een bak sla, ga op de bank liggen. De zon schijnt door de gordijnen op de muurposter. Ik kijk naar het strand en de palmbomen. Ik val bijna in slaap. Door mijn wimpers heen zie ik de muur trillen, het lijkt wel of de kamer in de fik staat. Ik sta op en strijk met mijn vingers langs de boomstammen, ik leun met mijn wang tegen de zee. Ik sluit mijn ogen en hoor de golven neerslaan. Ik denk aan Rosa. Aan het strand. Drie dagen hadden we, helemaal alleen voor ons. Weg van El Cargadero, weg van haar bemoeizuchtige moeder. Een wonder dat ik haar mee had mogen nemen. De hele dag lagen we dicht tegen elkaar op het strand. Ik legde mijn hand op haar rug, speelde met haar krullen, zoende haar overal. In de nacht mocht alles. Tong, borst, bil. Ik in haar, zij op mij, ik in haar mond, zij op mijn gezicht. Mijn gezicht in haar krullen. Ik streel de muur, streel mijzelf, denk aan Rosa's billen terwijl ze op haar knieën voor mij zit. Wow! Ik explodeer. Ik voel me slap in mijn benen. Ik ga liggen en val in slaap.

Het is stikdonker. Waar ben ik? Ik voel het wollige tapijt onder mijn wang. Ik tast met mijn handen in de ruimte en voel een muur. Ik stoot met mijn knie tegen de bank. Ik kruip over de vloer tot ik op een laag tafeltje de voet van een lamp vind. Ik zoek het knopje en doe hem aan. Ik knipper met mijn ogen, sta op, ga naar de ijskast, grijp naar de melk en drink het pak in één keer leeg. Hoe laat is het? Ik loop terug naar de woonkamer en tuur op het klokje van de televisie. Acht uur. *Cabrón*. Ik pak de bank en draai hem een kwartslag richting de televisie. Ik keer de grote logge stoel en pak twee andere stoelen uit de slaapkamer. Samen vormen ze een kring om de televisie. Zo. Ik heb ook een familie. Verdomme!! Ik pak de afstandsbediening en ga op de bank liggen. '*Papi*, ga maar op de stoel.' Ik zie hem zitten, naast me, in zijn blauwe overall. 'Rosa, kom bij mij.' Ik sluit mijn ogen, sla mijn arm om haar middel. Ik ga alle kanalen af. Nieuws, reclame, sport, nieuws, cartoons, een aflevering van *South Park*. Ik kijk naar Kenny die last heeft van diarree. Hij steekt iedereen aan. Enorme rijen mensen staan voor chemische toiletten te wachten. Soms denk ik dat Arturo mij voor de gek houdt, dat Veloso nooit gaat tekenen, dat ik hier voor niks zit. Man, stel je voor. Hij liegt gewoon. Ik train voor niks, ik vecht tegen een onzichtbare man. Ik zit hier alleen in een koud landschap. En voor wie? Voor niemand man, Papi is dood. Rosa is weg. *Fuck!* Ik ram met mijn vuisten op de kussens van de bank. Ik gil. Keihard. *Whhhaaaaaaaahhhhh!* Ik blijf met mijn vuisten op de bank slaan, net zo lang tot ik niet meer kan. Dan loop ik naar boven en val in mijn bed. Al mijn flessen zijn leeg. Ik staar in het zwart.

De volgende dag loop ik na mijn middagdutje naar het dorp. Ik heb een vage hoop dat ze er misschien heilig water verkopen. Ik wandel langs de hoofdweg richting het centrum. Het begint al te schemeren. De neonlichten van de supermarkt flikkeren langs de weg. Ik duw de deur open. Een oude man zit achter de toonbank ineengedoken te luisteren naar een radiootje. Hij knikt naar mij. Ik loop langs de schappen naar de achterkant van de zaak waar de drank in het koelingssysteem staat uitgestald. Er zijn vijf soorten water. Geen fles met Jezus. Als ik de man uitleg wat ik wil, kijkt hij me vertwijfeld aan. 'Nooit van gehoord,' zegt hij met een grijns. Een bruinig gebit komt tevoorschijn. 'Bible Gum, dat ken ik wel. Er was ook eens een vent die een keer belde of ik misschien Testamint wilde verkopen. *Can you believe that?* Het idee. Totale onzin.' Hij schudt met zijn hoofd. 'Als je gelovig bent, dan ga je naar de kerk. En anders blijf je thuis.' Hij maakt met zijn hand een afwerende beweging. Dan buigt hij zich weer voorover naar de radio.

Ik stap de kou in. Wat moet ik nou? Ik wil niet terug naar dat kale klotehuis. Een eindje verderop zie ik een verlicht uithangbord van een bar: MIXED GRILL AND BURGERS. ALL YOU CAN EAT. Ik wandel erheen, de vette geur van friet komt me tegemoet. Heerlijk. Ik ga gewoon een flinke maaltijd bestellen. De plek is uitgestorven. Een oudere vrouw met een lange grijze paardenstaart staat glazen te spoelen. Aan een van de tafeltjes bij het raam zit een dikke zwarte vrouw naar buiten te staren. Ze heeft een zwarte sweater aan, de capuchon over haar hoofd getrokken. Ze zit aan haar lange paarse nagels te pulken. Voor haar staat een glas bier en een klein borrelglaasje. Een nummer van ZZ Top galmt door de ruimte. Ik ga aan de bar zitten. De vrouw achter de tap gaat onverstoorbaar door met glazen spoelen. 'Kan ik iets te eten bestellen?' Ik wil dat ze me aankijkt. 'We serveren pas eten vanaf zes uur,' zegt ze kortaf. Ze heeft een gezicht vol fijne rimpeltjes.

'Je kunt wel drinken,' roept een stem achter me. Ik draai me om. De dikke vrouw is opgestaan en loopt met het glas bier in haar hand op me af. Ze ploft neer op de kruk naast me. Ik werp een snelle blik op haar lichaam. Meer dan honderd kilo, schat ik. 'Biertje?' vraagt ze en kijkt me aan met een onverstoorbare blik. Ik trek mijn schouders op. Ik twijfel... 'Oké.' Een overvol glas met een minieme schuimkraag wordt met een klap voor me neergezet. Een mandje taco's wordt ernaast geschoven. Ik neem een slok, laat het vocht heel even rusten in mijn mond, spoel het met mijn wangen van links naar rechts, dan, koud en bitter, laat ik het langzaam mijn slokdarm in glijden. *Chinga!* Het is... dit is... ooh, *cabrón*, wat is dit lekker! Hoe lang heb ik dit al niet gedronken. Ik neem nog een slok en een hap chips en kauw en drink tegelijk. De vrouw naast me grijpt met haar paarse nagels in het mandje. Ze drinkt haar bier met grote gulzige teugen. 'Jij bent niet van hier,' zegt ze alsof ze een weersvoorspelling doet. 'Ben jij er eentje van Stanley?' Ze kijkt me met een brutale blik aan. Ik knik. *Damn!* Wat is ze lelijk. Ze ruikt naar zweet. 'Je zult wel goed afgetraind zijn.' Ze laat een bulderende lach horen. 'Ik ken jullie wel, hoor. Aha-huh. Mijn vader keek naar al die wedstrijden. Ali tegen Frazier. *Yunno*. Aha. Jane, geef die man nog een bier. Doe er een shot bij.' Ze kletst met haar hand op haar enorme been. Ik protesteer, maar er staat alweer een koud biertje voor mijn neus. Jane zet twee borrelglaasjes neer en vult ze met tequila. 'Op jou,' zegt het dikke monster naast me en barst opnieuw in lachen uit. 'Op alle mannen met spieren!'

Ik begin me ongemakkelijk te voelen en neem snel een paar slokken. Hoe eerder dit op is, hoe eerder ik kan vertrekken. 'Jij bent geen zwaargewicht, toch?'

zegt de vrouw en legt haar paarsgelakte hand op mijn been. Ik schud mijn hoofd. *Dios mío!* De aanraking van haar hand brengt een elektrische schok teweeg in mijn lichaam. Het is vertrouwd, iets wat ik al heel lang ken, net als de smaak van bier. Ik kijk naar haar lange paarse vingers, ik denk aan het meisje uit de waterwinkel bij Gleason's. *Cabrón.* Ik word hard. 'Hier, neem een slok!' De vetkwab duwt het glas tequila in mijn hand. 'Ik toost op jou. Leve de sterke man! Aha.' Ze wrijft met haar hand over mijn been. Ik sla het glas achterover. Ik ruik haar adem. Rottekieslucht vermengd met alcohol. Ik kijk haar in het gezicht. *Ay.* Wat is ze zwart. Pikzwart, veel zwarter dan ik. *Ugly bitch.* Haar ogen zijn klein, als van een vals varkentje. Ze heeft lipgloss opgesmeerd, haar lippen lijken net twee slakken. Ik staar naar die bewegende, glibberige massa, terwijl ze spreekt. Ik hoor nauwelijks wat ze zegt. Ik ben nog steeds keihard, ongelooflijk. Ben ik echt zo'n loser? Ik voel de warmte van de alcohol door mijn lijf trekken, ze schuift met haar hand langzaam over mijn bovenbeen, ik voel me verdoofd, ik zie de zachte slakken op me afkomen, ik voel de plakkerige vochtigheid, voel haar hand hard in mijn kruis knijpen. Wow! Met een ruk sta ik op. Haastig grabbel ik in de zak van mijn trainingspak. Ik gooi wat dollars op de tap en ren, zonder nog een blik op het monster te werpen, de bar uit.

'*Hijo de puta!*' Ik vervloek mijzelf. Ik ren over de

snelweg, sla een landweg in en ren, zo hard als ik kan, door het besneeuwde landschap. Het bloed pompt door mijn lijf, mijn hoofd bonkt, ik voel een vlaag van misselijkheid omhoogkomen. Ik stop. Een grote golf taco's vermengd met tequila pletst op de grond. Mijn maag krimpt ineen, het zuur schiet door mijn slokdarm omhoog, een grote rilling loopt over mijn lijf. De drank, de taco's, het komt er in golven uit. Ik kots en kokhals, net zo lang tot er alleen nog maar gal opkomt. Ik kniel en veeg de spuugslierten van mijn wangen. Ik blijf gehurkt op de grond zitten. Totaal uitgeput kijk ik om me heen. Geen zuchtje wind beroert de takken. De maan schijnt op het land, de aarde schittert, ik heb nog nooit zo veel ijs gezien. En ik zit ermiddenin. Boven mij schijnen duizenden sterren. Zonder stadslicht is de omgeving overweldigend, beangstigend. Alles is stil. Doodstil. Ik ga zitten. In de verte zie ik de lichten branden in de kamers van Sam en Oscar. Ik kijk naar boven, ga op mijn rug liggen en staar naar de sterren. Ik spreid mijn armen uit. De kou van de grond dringt langzaam door mijn jas heen. Ik pak een hand sneeuw, wrijf het ijs tussen mijn vingers door, in mijn gezicht, wrijf het over mijn wangen en kin. Ik open mijn mond en neem een hap. En nog een hap. Dit is pas heilig. Ik wrijf de sneeuw over mijn voorhoofd. Ik denk aan mijn moeder. Hoe ze soms met water een kruisje op mijn voorhoofd tekende als we de kerk verlieten. Ik neem nog een hap en nog een hap. Ik huil. Ik trek mijn jas uit, doe mijn trainingsbroek uit, mijn T-shirt, mijn onderbroek, mijn sokken. Ik ga in de sneeuw liggen. Ik laat de kou binnendringen, beweeg met mijn armen en benen. Ik ben een man zonder verleden, zonder toekomst. Ik rol, om en om, net zo lang tot ik door en door nat en koud ben.

Ik kijk naar de sterren en leg mijn hand op mijn hart. *Mi pobre viejo.* Samen renden we door het zand. 'Ik doe het voor jou,' zeg ik en sluit mijn ogen. Voor mij op de grond ligt Veloso. Kapot, uitgeteld. Ik sta in het felle licht, mijn armen geheven in de lucht. De menigte is uitzinnig. Ze gooien met popcorn, stoelen vliegen alle kanten op. Ik kijk naar de deinende massa om mij heen. Ik sta, machtig en alleen. Ik voel de stilte van de natuur, voordat ik bestond. Voordat er woorden werden gesproken. Ik ben de koning van de woestijn.

Fontanel

Op de kinderafdeling van het ziekenhuis is de lucht droog en onaangenaam. De linoleum vloeren van de gangen glanzen in het tl-licht. Er is niemand, behalve de nachtzuster die verscholen zit achter de balie. Haar hoofd is gebogen, ze schrijft iets op een vel papier. Ik sluit voorzichtig de glazen deur van het kleine kamertje. Het groenige licht van de televisie schemert door het glas. De voetbalwedstrijd is net afgelopen. Ik heb gekeken zonder geluid. Voordat ik de tweede deur naar de gang open, draai ik nog even om en kijk door het glas naar het wezentje in het plastic bakje. Een geel wollen dekentje is strak om haar lijfje gevouwen. Alleen het donkere haar op het hoofdje is zichtbaar. Een klein infuus zit als een kroontje op haar voorhoofd gemonteerd.

Ik duw de deur open en loop op slippers door de gang. In de keuken van de afdeling staat een grote ijskast. Ik trek de deur open en speur naar een magnetronmaaltijd. Ik zie vis met pasta, twee bakjes kip met boontjes en krieltjes. Tussen de vleeswaren, de margarine en de tupperwarebakjes van het ziekenhuispersoneel staan drie flesjes bier. Mijn naam staat overal met een stickertje op geplakt. Ik kies voor de kip met boontjes en pak een flesje. Acht minuten bij 700 watt. Terwijl het apparaat zoemt, zoek ik in een la naar de flessenopener. Niks, alleen twee vorken. Ik graai in mijn broekzak naar een aansteker. Met de achterkant wip ik de dop van de fles. Ik loop naar het raam, neem een slok bier en staar naar de andere vleugel van het ziekenhuis: vier verdiepingen met langwerpige, helverlichte ramen. Kil. Abstract. Lelijk.

Ik kijk naar mijn handen. Ze zijn groot en grof met lichtblonde haren. Ik draai ze naar buiten en bestudeer de fijne lijntjes die over mijn handpalmen lopen. Dunne aderen zijn zichtbaar onder de huid van mijn polsen. Zachtjes druk ik een van de blauwe lijntjes in. Ik spreid mijn vingers uit en bal mijn handen tot vuisten. Ik strek mijn armen voor mij uit en knijp steeds harder, tot mijn knokkels wit zijn. Ik ben dertig. Mijn dochter is drie weken oud.

Ik neem een slok bier, ga aan de tafel bij het raam zitten, pak mijn iPod en doe mijn oortjes in. Mijn laatste nummer. Trance met samples van Beethoven. Werkt helemaal te gek. Ik ga met mijn hoofd op en neer. In gedachten zit ik alweer in de studio, aan de knoppen van mijn mengpaneel. Mijn plek. Mijn ding. Als ik muziek maak, ben ik weg. Dan vergeet ik alles. Echt zo lekker.

Een pieptoon. De maaltijd is klaar. De geur van aardappelen in plastic trekt door de ruimte. Ik haal het bakje uit de magnetron en kijk naar het bleke kippenvlees met rozemarijn en de slappe boontjes. Bah. Ik zou het meteen in de prullenbak moeten donderen. Maar ja, kindjes in Afrika en zo. Ik pak een bord uit de kast en knip met een schaar de bovenkant van het plastic bakje open. Ik schuif de inhoud in één keer op het bord, ga aan tafel zitten en prik in een paar boontjes. Ik kauw. Ik proef echt helemaal niets. Dan maar een slok bier.

Mila was uit bed gegaan en had thee gemaakt. Twee uur lang liep ze rond op de benedenverdieping, toen hield ze het niet meer uit. Moeizaam was ze de trap op geklauterd. Ze kuste me wakker. 'Het is zover.' Samen bleven we op bed liggen. Elke keer als zij ineendook van de pijn, hield ik haar handen vast. Soms, als ze even rust had, streelde ik haar hoofd en rug. Ik wilde lief zijn. Maar ik voelde me onbewogen, gevoelloos bijna. Lullig wel. Ik had verwacht dat ik me anders zou voelen. Ik vond het wel beangstigend om haar te zien veranderen in een kermend, ziek dier. Toch wist ik wat ik moest doen: rustig zijn. Gewoon het hoofd koel houden.

Toen de weeën sterker werden, vroeg ik of ze misschien muziek wilde horen. Even iets anders. Ze knikte. Eerst dacht ik nog aan mijn eigen muziek, maar dat leek me te heftig. Ik koos voor Radiohead. Relaxed. Maar toch intens. Ze dook in zichzelf, als een bal op het bed. Ik keek naar haar. Maf. Ik kon het niet geloven. We kregen een kind.

Terwijl ik met de vroedvrouw belde, was Mila van het bed opgestaan. Ze zat in een hoekje van de kamer heen en weer te wiegen. Met haar handen en knieën op de grond. De lange blonde haren voor haar gezicht. Bij elke pijnstoot kromp ze ineen. Haar nagels zetten zich vast in de houten vloer. Ze leek wel waanzinnig. Totaal bizar.

We sloten de gordijnen. Buiten waaide een gure oktoberwind. Af en toe verscheen de zon vanachter de wolken. Door de gordijnen heen kleurde de woonkamer feloranje. Het leek wel of de ruimte in de fik stond. De wereld was ver weg, samen zaten we in een vacuüm. Wat al maanden in onze gedachten en gesprekken bestond, zou nu binnen enkele uren onze wereld binnenkomen. Het zou ademen, huilen, een naam krijgen en door grootouders worden opgetild. Elke keer dat zij ineenkromp kwamen die momenten dichterbij. *Freaky*. Ik zou doodsbang moeten zijn. Maar ik voelde niets. Helemaal niets. Ik was gewoon *numb*. Zoals altijd.

De vroedvrouw kwam langs. Ze was gekleed in een strakke spijkerbroek en een dik vest. Zo'n fris opgewekt type. Niet echt knap. Ze onderzocht Mila. Het ging goed. Mila moest vooral zo doorgaan. Daarna had ze ons weer alleen gelaten. De uren gingen voorbij. Ik liep rond in het huis, waste af, maakte koffie voor mezelf, rookte een sigaret op het balkon, gaf Mila slokjes water. De zon scheen door de gordijnen. De kamer veranderde van oranje in rood. Ondertussen werd Mila echt gek. Ze rilde en kotste en gilde en kotste tot er alleen nog maar gal uit haar mond kwam. Ik hield de emmer bij haar hoofd. Toen het donker begon te worden, gilde ze dat ze bang was. De pijn. Het was te veel. Hoorde dit? Waarom wist ze dit dan niet? Ze begon te ijlen, bleef dezelfde woorden herhalen. *Dit kon niet, het kon niet, het kon niet.* Kruipend op handen en knieën. Echt bizar. Het werd een cadans, een ritme. De woorden begonnen zich in mijn hoofd vast te zetten. *Di-ko-ni-di-ko-ni-di-ko-ni.* Goede beat.

Ik belde opnieuw met de vroedvrouw. Ze kwam een halfuur later binnen, de geur van de herfstwind in haar jas, haar haren in de war. Ze onderzocht Mila. Het ging niet goed. De ontsluiting vorderde niet. Nog steeds maar drie centimeter. Eigenlijk was er dus geen fuck gebeurd. Vijf uur lang kronkelen op de vloer. En geen stap verder. Belachelijk. Helemaal niets. We moesten naar het ziekenhuis.

In de taxi lag Mila zwetend tegen me aan, opgerold, met haar nagels diep door de stof van mijn broek heen in mijn benen. Het deed fuckin' pijn. Maar ik zei niks. Ik moest toch ook iets voelen. Ik had negen maanden lang alleen maar kunnen toekijken. En nu kon ik nog steeds helemaal niets doen. Dus hoe dieper haar nagels in mijn benen, hoe beter.

Dat was wel even anders in Havana. Helemaal te gek. We reden in een gehuurde auto langs de Malecon. Mila lag met haar grote buik, in een strakke strandjurk, tegen mijn schouder aan geleund. De lucht warm, de ramen open, we keken naar de stelletjes die op de stenen balustrade langs de zee stonden te zoenen. Haar blonde haar over mijn schouder.

Als we door de lege straten richting het staatshotel liepen, werd ze door mannen en vrouwen nagewezen. '*Mira, la rubia. Embarazada!*' Soms liepen vrouwen op haar af. Legden hun handen op haar buik. Zo direct. Dat was echt tof.

In Maria La Gorda, op het uiterste puntje van het eiland, hadden we een huisje aan het strand. Mila was zo blij. Ze zag er echt te gek uit: vol, bruin, uitgerust. Haar blonde haar los, het hing in dikke strengen om haar hoofd. Net touw. Echt een stuk. En ze had mijn kind in haar buik. Waanzinnig. We deden alles. De week ervoor, in Mexico, waren we nog gaan surfen. Hier gingen we snorkelen. De hele dag. Ik zie nog voor me hoe ze als een dikke vis in de oceaan lag te dobberen boven het koraalrif. Alleen het zwarte snorkelpijpje en haar verbrande billen staken uit het water. Af en toe kwam ze even boven en vertelde me hijgend, met haar duikbril op haar voorhoofd: een blauwe met gele strepen! Hij is gigantisch! Dan gaf ze schoenmaat 45 aan.

Het ging wel even mis. Al snorkelend waren we afgedreven. Te ver. We moesten een halfuur zwemmen om het strand te bereiken. Aan de branding stikte het van de zee-egels. Ineens raakte ze totaal in paniek. Wijdbeens stond ze twee meter voor de kust in het water. Roerloos, als een log schip, gestrand in de branding. 'Wat als ik vooroverval!' gilde ze hysterisch. 'Wat als ik één verkeerde stap zet!' Ik moest een beetje lachen. Het zag er zo dom uit. Maar ik begreep het ook wel. Alleen, zo had ik haar nog nooit gezien. Dit was niet het feestbeest in de glitterjurk die 's nachts op blote voeten over straat liep. Of de vrouw die een fles rum leegdronk en dan op één been ging staan met haar hand als een waaier voor haar neus. De gek met haar vergrote pupillen die, giechelend door de ecstacy, om drie uur 's nachts naakt van de boot sprong in het IJsselmeer. Nee.

Die avond, toen we moe en verbrand op bed in het strandhutje lagen, ging het kind als een bezetene tekeer in haar buik. Het leek wel een buitenaards wezen. Ik kon niet goed zien of het een hiel, bil of schouder was, maar iets schoof telkens onder de oppervlakte van haar huid heen en weer. Samen lagen we ernaar te kijken. Een kolkende rode ballon met daaronder een pluk donker schaamhaar en een paar bruine benen. Ik kreeg er de slappe lach van. Het deed me denken aan *Aliens*. Ik gilde met een hoge stem: '*They're coming outta the walls. They're coming outta the goddamn walls!!*'

Die nacht lag ze met haar buik tegen mij aan, haar arm rond mijn middel. Af en toe voelde ik een zacht tikje in mijn rug. *Pok*. Dan een halfuur niks. En dan weer. *Pok*. Een geheime boodschap. *Pok*. Ik ben er. *Pok*. Maar ik ben er nog niet. *Pok*.

Dat was echt super.

Maar ik kon er niet van slapen. Ik had de hele nacht mijn ogen open, keek in het niets. Buiten hoorde ik de golven op het zand slaan. Waarom iets toelaten wat je niet kent?

Ik dacht aan mijn grote doorbraak. Ik op het podium. Iedereen onder mij. Ze gingen collectief uit hun dak. Op mijn mix. Mijn beats. Mijn trance. Grote blauwe laserstralen vanaf het podium over de massa. Een waanzinnige show. Een strak zilveren pak zat als een tweede huid om mijn lichaam gegoten. Wat een kick. Daar stond ik. Hartje Londen. Tienduizend man in een oude loods aan de Theems. Een zilveren zee van mensen. Zwetend, joelend aan mijn voeten. Meisjes in hotpants, hun huid volgesmeerd met glitter. Jongens met zilveren maskers op. Wat een machtig gevoel. Helemaal te gek. Ik bepaalde, ik heerste. Iedereen was out. Grote glanzende ogen, stijve vingers, uitzinnige gezichten. Ik observeerde. Zo lekker. Ik was er helemaal bij. Zo nuchter als een aap. Een en al focus. Mijn muziek. Het was genoeg. Voor mij alleen water. Geen drugs. Geen alcohol. Ik stond boven alles. *Pok*. Boven alles. *Pok*. En nu? *Pok*. Wie zat er in haar?

Het ziekenhuis was volledig uitgestorven. Ik betaalde de chauffeur. Mila liep voorovergebogen naar binnen. In de hal zat een jongen achter de balie. Verder was er niemand. Ik vulde wat papieren in. We kregen een rolstoel. Ik reed Mila naar de afdeling verloskunde. De vroedvrouw liep achter ons aan. Ze werd gebeld. Andere bevalling. Ze bleef achter. Op de vierde verdieping legden twee verpleegsters Mila op een bed in een kleine, helverlichte kamer. Er zou zo iemand komen. Eerst moest er een nieuwe ploeg arriveren. Alles was stil. Doodstil. De gangen waren leeg. Nergens een geluid te horen. Waar waren we beland? Op de maan? Ik vond het totaal belachelijk. Mila huilde. Ik veegde met de mouw van mijn trui het zweet van haar gezicht. Ik pakte haar handen. Ze duwde me weg. 'Rot op!' Ze sloeg met haar vuisten in de lucht. Ik voelde me ijskoud vanbinnen. Jezus. Ze was een vis op het droge. Een vlieg onder een glas. Ik liep naar de gang. 'Fuck, man! Is er nou helemaal niemand in dit kloteziekenhuis!'

Het strand van Ipanema. Nog geen jaar geleden. Een trip van vier dagen. Eén optreden. Veertigduizend man. Ik was met een groot team. Alles voor me geregeld. Het enige wat ik moest doen was draaien. Bizar. Het ging al een tijdje lekker in Europa. Maar ineens was ik op een ander continent een fenomeen. Waanzinnig. Iedereen aardig. Ik schudde wel tweehonderd handen per dag. Ik kreeg cadeaus: aftershave, broeken, laarzen, zonnebrillen. Een peperduur horloge met vier klokjes in verschillende tijdzones. Bij aankomst vijf uitnodigingen voor feestjes. Een hotelsuite op de tiende verdieping met uitzicht op het strand. Drie ochtenden lang ontbijt in de kamer. Sexy meisjes die me interviewden voor de radio. Ik was een ster.

De dag van het optreden ging ik 's middags met de taxi naar het podium voor de soundcheck. We kwamen nauwelijks door de massa heen. Door het raam zag ik honderden lichamen voorbijtrekken: bruine buiken, ronde billen, kleine borsten, grote borsten. Hotpants, surfpakken, *dental floss*-bikini's. Vlak bij de branding liepen hoedenverkopers, gooiden jongleurs kegels in de lucht, lieten tientallen jongens een voetbal op hun hoofd stuiteren. Super.

Toen de zon de zee raakte, begon ik te draaien. Het was bomvol. Man. Het was ongelooflijk, zo vol, zo intens, ik vloog, was in trance, dit was fenomenaal. Ik stond op het podium. Ik had alles zo goed voorbereid, het ging vlekkeloos, de ene track vloeide over in de andere, het publiek voelde haarfijn de opbouw van ieder nummer aan. Soms was er een break van wel tien seconden voordat de beat weer doorknalde. Op die momenten kon je het publiek in gedachten horen tellen, anticiperen op het moment dat ik... het... besloot. De climax. BAM! LOS! Handen zwaaiden in de lucht. Meisjes gilden. Achter mij grote schermen, met videofragmenten van mij, van het publiek, de omgeving. Wat een kick! Het hele strand bewoog als één wezen, het leek of het niet meer ophield. Trance. Totale trance. In mijn hoofd steeds dezelfde woorden:

This is my groove
It's your vibe
I don't care who you are
I'm just having fun
Be your own star, baby
I'm having fun
I'm just a fuckin' star

'Help me nou toch, help me nou!' In de deuropening speurde ik naar personeel. Met een half oog observeerde ik Mila. Ze hield het niet meer. Ze zag mij niet meer, ze zag niets meer. Ik hoorde haar fluisteren. 'Sorry... ik... deze pijn... ik... ik ga toch niet dood?' Ik liep het kamertje uit, keek om me heen. Helemaal niemand. Dit was niet normaal. Ik brulde door de lege gangen: 'Waar is iedereen? Help ons, verdomme!' Een blonde verloskundige kwam vanuit een zijkamertje naar ons toegesneld. 'Rustig! We komen eraan.' Ze liep het kamertje binnen, keek even naar Mila en weg was ze. Weer stond ik, liep ik, zat ik. Hoe lang, ik weet het niet. Ik werd er totaal geschift van. Ineens liep er een verpleegster met een injectiespuit de kamer binnen. Mila kreeg een zware pijnstiller en een weeënversterker. Ziekenhuispersoneel liep binnen, extra licht werd aangeknipt, ik kreeg een tikje op mijn schouder. De vroedvrouw. Ze was terug.

Nicotine. Even. Vijf minuten. In de gang was het nog altijd uitgestorven. Alsof ik de filmset van een horrorfilm op liep. Kaal, klinisch, kil. Ik liep naar de lift, drukte op het knopje en staarde naar mijn voeten. De deuren gingen open. Ik stapte naar binnen. Bij de tweede verdieping stopte de lift. Voor de deuropening stond een vreemd gezelschap. Totaal bizar. Een man met een opgezwollen, dichtgeslagen oog en een scheur in zijn lip zat in een rolstoel en werd door een zwarte man in een trainingspak naar binnen gerold. Zijn grote handen trilden. Echt heftig. Achter hen volgde een oudere man met een leren pet op zijn hoofd. Hij had een grote sporttas in zijn hand. Ze zwegen alle drie. Vanuit mijn ooghoek keek ik naar de man in de rolstoel. Zijn blik was strak op de grond gericht. Hij leek uitgeput, gebroken. Hij mompelde iets. '*I fucked up, man. It's over. Cabrón.*' Ik kon de woorden nauwelijks verstaan. Waar kwam hij vandaan? De man achter hem leek een Amerikaan. Hij had een zorgelijk gezicht vol fijne rimpeltjes en ingevallen wangen. De vent met de leren pet staarde strak voor zich uit. Type klootzak.

De deuren gingen open. Ik wurmde me langs de rolstoel en stapte uit. In de draaideur naar buiten stak ik een sigaret op. Ik inhaleerde diep. Heerlijk. Het regende zachtjes. De wind blies de gele bladeren over de weg. Ik pakte mijn iPod. Vijf minuten. Air. Even, heel even.

Apollon deux mille zéro défaut vingt et un an
C'est l'homme idéal charme au masculin

Sexy boy, sexy boy...

Droog, afstandelijk, mechanisch. Lekker. Ik nam nog een trekje. Gek. Ik was niet zenuwachtig. Niet blij. Niet bang. Ik was niets. Gewoon leeg. Ik leefde in een vacuüm. Misschien was het beter zelf te lijden dan anderen te zien lijden. En als een van ons zou moeten sterven? Wie dan? Zij of ik? Ik zou liever willen dat zij doodging. Het zou erger zijn om te leven met verlies dan om zelf dood te gaan. Toch? Maar als het kind nu stierf? Dan was ik toch liever dood. Shit. Was dit een goede of een slechte gedachte? Nee. Fuck. Het was gewoon een gedachte. Geen oordeel. Ik drukte mijn sigaret uit met de punt van mijn schoen.

Vanaf de gang hoorde ik Mila gillen. Ik rende naar de kamer. De weeën volgden elkaar in snel tempo op. Negen centimeter ontsluiting. Het zou niet lang meer duren voordat ze ging persen. Ik ging bij het hoofdeinde van het bed staan en aaide Mila over haar natte haar. 'Gaat het?' fluisterde ik. Ze keek omhoog. 'O jaaa...' Een brede glimlach over haar gezicht. 'Ik... ik durf nauwelijks iets te zeggen.' Ze giechelde. 'Ik ben zo ontzettend stoned. Ik... ik denk rare dingen.' Ze giechelde. 'Je bent zo mooi.' Ze keek me met glanzende ogen aan. 'Je lijkt wel een hert. De wind waait door je haren.' Ik kuste haar voorhoofd. 'Wow!' gilde ze. 'Het lijkt... wel... Ik... moet... poepen!' 'Goed zo!' riep de vroedvrouw. 'Een perswee! Zet al je kracht erin!'

In Londen was na het optreden een feestje voor mij in de loungebar achter in de loods. Man. Ik was van de wereld. Het was zo waanzinnig goed gegaan. Ik liep helemaal te stuiteren. Het was druk. De ruimte stond vol modellen en hippe types uit de scene. Ik moest telkens mijn handtekening zetten op armen, T-shirts, bovenlichamen, borsten, billen. Een klein donkerharig meisje had haar slipje onder haar zwarte rokje uitgetrokken en duwde het onder mijn neus. 'Ruilen voor je T-shirt?' Vijf mensen boden me die avond drugs aan. Ik weigerde. Ik ging al uit mijn dak. Ik had genoeg aan mijzelf. Dacht ik. Tot een klein blond meisje met grote Twiggy-ogen voor mijn neus was gaan staan en me de kleedkamer in trok. Ze wapperde plagend het witte gelukspilletje voor mijn neus. Ze was van de platenmaatschappij. Ik kon haar vertrouwen. Het was topspul. Ik zwichtte. Met een grote slok water slikte ik de minismiley door.

Het effect... twee uur later... was... fuckin' fenomenaal. Alles om me heen... zacht... alle spieren in mijn lichaam... slap. Zo mellow. Ik voelde me soepel, krachtig... een loom wild beest. Ik ging met Twiggy naar het damestoilet. We sloten ons op. Ze giechelde, trok mijn T-shirt uit en duwde het puntje van haar tong tegen mijn lippen. Ik stak mijn tong uit. Ik likte haar tong, haar wangen, oren, armen, tenen, benen. Ik ging op mijn knieën zitten en duwde mijn hoofd onder haar rokje en trok haar slipje opzij. Zacht en glad. Zout met kokos. Stroop, suiker, vanille, jam, kers... Het leek wel of al mijn zenuwen tegelijk werkten. Wow, man! Ik voelde mijn vingertoppen en tenen tintelen, mijn tong leek van zijde. Ik voelde zelfs de haren op mijn hoofd groeien. Toen ik me oprichtte, pakte ze me met een tartende blik mijn T-shirt af. Ze duwde me een kaartje in handen van de nachtclub waar ze naartoe ging. Uit haar tasje haalde ze een pen. Ze stak haar arm uit. '*Give me your number.*' Ik schreef de cijfers op haar arm. Heel precies. Alsof mijn leven ervan afhing. '*See you soon...*' fluisterde ze, terwijl ze op hoge hakken uit de wc wankelde. Even later stond ik buiten op straat. De lucht, de gebouwen, alles om mij heen had een zachte, warme glans. Ik voelde de wind door mijn haar gaan. Intens sensueel. Ik deed mijn broek uit en ging op de stoeptegels liggen.

'Ja, ja, ja!! Harder, harder!' Drie blonde vrouwen stonden aan het voeteneinde van Mila te joelen. Ik hield haar hoofd vast. 'Toe dan. Kom op!' Het kwam, steeds, bijna. Maar net niet. Ik zag een schaar tussen de benen van Mila verdwijnen. Een keiharde brul uit haar mond. Ineens een roze visje op haar buik. Het zat vol witte smurrie en had een plat, scheef neusje en pikzwarte, plakkerige haren. Een blauwe kabel zat vast aan het wezentje en verdween tussen de benen van Mila. Het staarde ons met grote, donkere oogjes aan. Ik keek geschrokken terug. De vroedvrouw riep: 'Een meisje!' Mila zei: 'Dag, Ola.'

Ik neem nog een biertje. Ik staar naar mijn tenen die uit mijn witte slippers steken. Rare vierkante tenen. Met knobbeltjes eelt en lange nagels. Vooral het nageltje van mijn kleine teen is een zielig geval. Een komma van hoorn. Vreemd. Er zijn delen van mijn lichaam waar ik nooit aandacht aan besteed. Waarvan ik zelfs nauwelijks weet hoe ze eruitzien. De ruimte tussen mijn tenen, bijvoorbeeld. Mijn rug. Mijn aars. Ik heb ook geen idee hoe mijn achterhoofd eruitziet. Misschien word ik wel kaal. Ik vraag me af of de voeten van mijn dochter later op mijn voeten gaan lijken. Of dat ze de lange dunne tenen van Mila krijgt. Tenen waar je goed aan kan zuigen.

Ik hoor haar weer giechelen. Mila. Stoned terwijl ze een kind op aarde zet. Wat is ze toch een meelbal. Als ze in zo'n bui is, houdt ze niet meer op. De tweede nacht dat we uit waren doopte ik haar tenen in een cocktail. Een lychee margarita. Verslavend lekker. Ik was gefascineerd door haar rechtervoet. Om een van haar tenen glinsterde een zilveren ringetje. Ik probeerde het ringetje met mijn lippen van haar teen te verwijderen. Ze schoot in een lachstuip. Een hees hikkend geluid waar ik als een blok voor viel. Bedwelmd door de margarita had ik al haar tenen een voor een in het glas gedompeld. Daarna was ik met mijn hoofd onder haar jurk gedoken.

Ik neem een slokje bier en loop naar het raam. Ik denk aan mijn nieuwe nummer. Titel: 'November 22, 1963'. Een lichte beat, een beetje percussie en dan die stem. Eddie Barker, KRLD-TV. Ik hou van die ouderwetse sound. Het leek me cool. Op YouTube heb ik eindeloos geluisterd naar opnames, kort na de moord. Een paar simpele zinnen.

We do not know what his condition is
But the report is that the President is dead
This is not confirmed

Vooral die laatste regel. Lekker. Die wil ik er telkens doorheen mixen. *This is not confirmed.* Wat een gortdroge uitspraak. Lijkt me geinig. Het is vast eerder gedaan. *Whatever.* Eigenlijk kan het me ook geen flikker schelen. Niet meer. Ik wou dat we eindelijk iets te horen kregen. Jezus, man, het lijkt net een grap. We zitten hier al dagen en nog weten we niet wat er aan de hand is. Misschien is het iets kleins, kan Ola zo weer mee naar huis, maar de artsen komen er maar niet achter. Ik weet niet wat ik moet voelen. Mijn hoofd loopt over. En ik ben geïrriteerd. Hier, tussen deze steriele muren, ben ik niemand. Ik ben anoniem, mijn muziek is geen flikker waard. De wereld is heel ver weg. Ik kan niks doen. Ik voel me ongemakkelijk. Nutteloos.

Een week na haar geboorte kreeg Ola koorts. We trokken haar wat kleertjes uit, haalden het mutsje van haar hoofd. Mila legde haar telkens aan de borst, maar drinken deed ze niet. Uren liepen we met haar rond. Twee nachten lang. Ik was kapot. Niets hielp. Ola huilde alleen maar. En ze bleef gloeien. Binnen een etmaal was ik de thermometer intens gaan haten. Iedere keer als ik het staafje tussen haar rimpelige billen stak, fluisterde ik: doe het niet, ga niet boven de veertig, alsjeblieft... alsjeblieft. Maar het kwik schoot telkens te ver door. Op de derde dag was haar temperatuur iets gedaald. Maar 's nachts ging het mis.

In het holst van de nacht keerden we terug naar het ziekenhuis. En weer liepen we door een lege gang. Weer moesten we eindeloos wachten. Weer waren er ineens allemaal artsen. Ze bogen zich over Ola heen, keken in haar mond, checkten haar reflexen. Ze werd door Mila en een verpleegster vastgehouden terwijl ze drie injecties kreeg. Toen haar kleine roze lichaampje moest worden dubbelgeklapt voor een ruggenprik, was ik de ruimte uit gelopen. Op de wc moest ik overgeven.

Ola kreeg een antibioticum via een infuus. Het was lastig, soms ging het mis. Als er opnieuw geprikt moest worden, huilde ze eventjes. Ik ging meestal de kamer uit. Ik trok het gewoon niet. Maar Mila bleef steeds bij haar. De eerste dagen waren we overdag de hele tijd samen in het ziekenhuis. 's Nachts ging een van ons naar huis. Er paste maar één bed in haar kamertje. Meestal bleef ik. Na het avondeten pakte ik Ola uit haar plastic bakje en legde haar op schoot. Een klein, in doeken gewikkeld propje. Ze staarde me aan met grote glanzende ogen. Ik wist dat ze, nog geen week oud, mijn gezicht nauwelijks kon ontwaren. Toch had ik het gevoel dat ze me bestudeerde. Alsof ze aftastte wie ik was. Ik streek vaak met mijn vingers over de zachte haartjes op haar voorhoofd en legde mijn wijsvinger soms even op het kloppende gedeelte bovenop. Doodeng.

Het antibioticum sloeg niet aan. Ola weigerde te

drinken. Mila werd er gek van. Haar borsten waren kogelrond. Bij iedere kleine snik van Ola begon ze spontaan te lekken. Mila pakte haar telkens, bracht het hoofdje naar haar witte, blauwgeaderde borst. Als ze wild begon te happen, duwde ze met volle kracht de tepel in het mondje. Maar elke keer liet Ola meteen weer los en wendde haar hoofdje af. Flesjes met moedermelk weigerde ze. De zuster suggereerde om haar te voeden met een plastic spuitje. Maar het vocht dat in haar mondje liep spuugde ze meteen weer uit. En ze bleef maar gloeien.

We wisselden elkaar af. Als de een bij Ola zat, kon de ander naar huis. Het was zwaar. Maar ik probeerde er wat van te maken. Ik luisterde naar muziek, las de krant, belde met vrienden. Mila deed helemaal niks. Ze kon alleen maar door het raam van het ziekenhuis naar buiten staren. Ze luisterde nauwelijks als ik iets tegen haar zei. Op een middag was ik haar kwijt. Ik vond haar op het toilet, waar ze, hoofd in haar handen, met lange uithalen zat te huilen. Ik aaide haar over haar hoofd. 'Het komt goed, liefje, het is oké.' Ze sloeg me van haar af. Woedend keek ze me aan. 'Het komt helemaal niet goed!' Haar mascara was uitgelopen, ze had donkere kringen rond haar ogen. Ze leek net op Anjelica Huston uit *The Addams Family*. Ik zei maar niks. 'Ik wist niet dat jij zo'n klootzak was!' gilde ze. 'Jij kan dit helemaal niet. Ik zie het nu pas. Ik zie het in honderd kleine dingen. O jezus. Waarom hebben we dit gedaan?' Ze trok haar met melk doorweekte T-shirt uit en smeet het in mijn gezicht. 'Ga weg!' Ik haalde een schoon T-shirt en hielp Mila het aan te trekken. Ze stribbelde niet tegen. Samen liepen we terug naar Ola. Mila ging op de stoel zitten. Haar huid was bleek, haar haren verward. Ze had diepe wallen onder haar ogen. Ze staarde voor zich uit. Ik zag ineens haar bruine gezicht weer voor me en haar witte billen die boven de oceaan uitstaken. Inderdaad. Dit was niet wat we hadden afgesproken.

Het bier smaakt me niet meer. In de gootsteen laat ik het vocht wegstromen en ik verstop het flesje achter een stapel borden op het aanrecht. Ik wandel de keuken uit naar het toilet en kijk in de spiegel. Ik zie een man met blond haar en een bleke huid. Geen lelijke man. Ik lach. Shit. Ik draag sloffen en leef op magnetronmaaltijden. Bizar. Ik maak een grimas en bestudeer mijn tanden in de spiegel. Ik voel aan mijn achterhoofd. Er zit nog steeds veel haar. Ik plas en wandel terug naar het kamertje van Ola. Door de glazen deur zie ik dat haar kleine hoofdje nog precies in dezelfde positie ligt als voorheen. Ik ga op het opklapbedje naast haar liggen en pak de krant. Ik blader van voor naar achter, ik lees, maar na een halfuur is er nog steeds geen letter tot me doorgedrongen.

Ik sta op en buig me over het plastic kuipje. Ik kijk naar haar kleine gezichtje. Haar neusje is nog een beetje plat met een kleine kromming naar links. Ze zat bekneld tijdens de bevalling. Ze lijkt op een bokser. Ik leg even mijn hand op haar voorhoofd. Ze gloeit. Ik ga op het bed zitten. Ik kijk naar mijn handen. Ze trillen. Ik bal mijn vuisten. Ik open mijn mond en span al mijn nekspieren aan. Ik schreeuw in de schemergroene kamer. Zonder geluid.

’s Nachts word ik gebeld. Ik herken het nummer niet. Ik neem op. Gegiechel aan de andere kant van de lijn. ‘*Hiya, sailor.*’ Ik begrijp het niet. Wie is dit? Ik vraag door. Fuck. Twiggy. Dit is wel heel maf. Na vier jaar. Op dit moment. Ik twijfel, drie seconden. Dan besluit ik. Ik lach. ‘*Hey, gorgeous. How are you?*’ Ze is in Rotterdam. Met haar baas van de platenmaatschappij. Of ik zin heb om even langs te komen. Ze is er tot morgenochtend. Om tien uur vliegt ze weer naar Londen. Ik ga rechtop zitten. Kijk naar Ola. Ze slaapt. Fuck it. Even dan. Ik pak mijn jas.

Ze zit op een grote blauwe bank achter in de hiphoptent. Drie champagneflessen staan op tafel. Naast haar zitten twee Indiase meisjes met identieke bobkapsels. Net een tweeling. Aan haar andere zijde een vent met een *goatee* en een klein wollen mutsje op zijn hoofd. Hij heeft dikke zilveren ringen aan zijn vingers. Zijn arm hangt losjes om Twiggy’s schouders. Een grote tribaltattoo op zijn onderarm. ‘*So this is the famous guy, huh?*’ Hij lacht. Hij stelt zich niet voor. Eikel.

Twiggy wenkt me met haar lange vingers en vraagt wat ik wil drinken. Ik heb zin in een cocktail. Ze wenkt de serveerster. Kort daarna staan er vijf caipirinha's op tafel. We drinken. Het is druk. Ik kijk naar de meisjes die voorbijschuiven. Ze zijn gekleed in strakke jurkjes en dragen Jimmy Choo-schoenen. Twiggy vraagt hoe het gaat. Ik vertel over de Kennedy-citaten. Ze lacht en slaat met haar handen op haar knieën. De tweeling is in discussie geraakt met *mister arrogant*. Ze lachen luid en knijpen hem in zijn bovenbeen. Twiggy wil weten of er al een nieuwe toer staat gepland. Ik haal mijn schouders op. 'Ik denk over twee maanden.' We drinken meer cocktails en praten over Rio en Tokio. Dan staat ze ineens op en trekt me op de dansvloer. Twee enorme subwoofers staan te trillen in de hoek van de ruimte. Man. Wat gaat die sound laag. Ongelooflijk. Ik voel het in mijn onderbuik. Twiggy begint met haar heupen te draaien. Heel subtiel. Ze kijkt me stout aan, trekt haar neus omhoog, tuit haar lippen. Ze is nog steeds even knap. Misschien zelfs wel mooier. Wow. Dit voelt goed. Ik strek mijn armen uit. Een cocktail in mijn hand. Ik draai loom om mijn as. Lekker, dit. Ze komt vlak bij me staan. Draait zich om. Duwt haar kont tegen me aan.

Even later trekt ze me mee richting het damestoilet. Ik moet lachen. Nee. Niet opnieuw. Er staat een lange rij. We lopen door naar het herentoilet. Ik neem haar mee de wc in, doe de deur op slot. Het stinkt.

Een bittere pislucht. Ze grijpt naar het hangertje om haar nek, een zilveren kokertje. Ze draait het open. Er komt een piepklein lepeltje uit. Er kleeft wit poeder aan. 'Snuifje?' Ze kijkt me lachend aan. Ik zeg niets, maar kijk naar haar gezicht. Heel lang. Ik staar haar wel een minuut aan. Vlakbij. Onze neuzen raken elkaar bijna. Ik zie het zwart van haar grote pupillen. De glitter op haar oogleden. Het wit van haar tanden. Ik zie de opwinding. Heel langzaam schud ik mijn hoofd heen en weer. Een grijns verschijnt op mijn gezicht. Ik duw mijn neus tegen de hare aan. Ondertussen schuif ik mijn hand heel voorzichtig tussen haar benen. Dan grijp ik hard in haar kruis. Ze gilt. Ik laat los, draai de wc-deur open en loop weg. Naar buiten.

De volgende ochtend besluit de kinderarts dat Ola te lang geen voedsel heeft gekregen. Er moet een sonde door haar neus worden gebracht om haar te kunnen voeden. Ik bel Mila. Ze neemt direct op, zegt dat ze met de taxi komt. Drie kwartier later komt ze de afdeling binnengerend. Haar haren opgestoken in een slordig knotje, haar gezicht nog opgezwollen door de slaap en het vocht en vet van de zwangerschap. Ze is mooi. Bijna transparant. Ze loopt op me af en omarmt me. Ik houd haar stevig vast. Ik neem haar hoofd in mijn handen en kijk haar recht in de ogen. Ik zie alles. Dit keer zie ik helemaal alles. Samen lopen we het kamertje binnen en gaan op bed zitten. Ik pak Mila's handen vast. Ola slaapt. Ze ademt zachtjes in en uit.

Scherptediepte

Mijn moeder snuit in een wit papieren zakdoekje haar neus en zegt op gedecideerde toon: 'Boven op zijn kamer liggen twee brillen. Zijn leesbril en zijn gewone bril. Ga maar even halen.' Ze kijkt naar mij. 'Ik ben voor zijn dagelijkse bril, vind je niet?' Mijn broer en zus knikken instemmend. Ik schuif mijn stoel naar achteren, sta op en loop de trap op. Ik ben er nog niet geweest sinds het is gebeurd. Het hol. Boven aarzel ik om naar binnen te stappen. De deur gaat moeizaam open. De weerstand wordt veroorzaakt door een stapel dozen die tegen de andere kant van de deur leunt. Ik duw harder, wring mezelf door de smalle opening en knip het licht aan. Een muffe, zure lucht dringt zich op.

De doka ligt er troosteloos bij. Bakken voor ontwikkelaar en fixeer liggen op de grond. Het werkblad is een chaos van plastic flessen, klemmen, vergrootglazen en ijzerdraadjes met vastgeplakte papieren rondjes. Overal staan dezelfde witte dozen; op de grond, de stoel, het werkblad, de planken. Met dikke stift staat op de zijkanten geschreven:

Amazone, 1993
Gaza/Westbank, 1998
Iran, 1971
Rwanda, 1994
Irak, 2003
Daniel/Leah/Boris

Ik vis een groot dik boek met een bruine kaft van de plank. *A New History of Photography*. Ik sla het open en blader erdoorheen: negentiende-eeuwse studioportretten, foto's van gebouwen in Parijs, straatbeelden uit New York en Glasgow. Op sommige bladzijden staan pijltjes en onleesbare korte zinnetjes. Alles met potlood. Mijn vader was het soort man dat dacht dat hij de teksten die hij in boeken schreef ooit weer zou uitgummen.

Op het werkblad liggen beide brillen, een portemonnee, een horloge, zijn paspoort. Ik sla het paspoort open. Een norsige man met een kalend hoofd en warrig grijs pluishaar boven zijn oren staart me aan. Een grote uilenbril staat op zijn neus. Hij kijkt, met de kin omhoog, recht in de camera: een spottende, in zichzelf gekeerde blik. Vreemd. De fotograaf gefotografeerd. Hij zit er, zijn lichaam aanwezig, hij doet zijn best om te poseren, maar het lijkt of hij alweer op het punt staat om te vertrekken. Hij wil er niet zijn. Niet op die plek, in dat nauwe hokje, aan de verkeerde kant van de lens. Hij hoort op pad te zijn, weg van iedereen.

Ik denk aan de laatste keer dat ik hem sprak, twee weken geleden, vlak voordat ik naar Italië vertrok. Hij zat in zijn stoel bij het raam en staarde afwezig naar de voorbijgangers op straat. Hij was een beetje lacherig, alsof hij zich niet wilde laten vangen door zijn eigen lamlendigheid. Hij maakte flauwe opmerkingen over het warme weer en schaars geklede vrouwen. Ik had een cadeautje gekocht. 'Omdat ik er niet ben op je verjaardag.' Hij bedankte me, gaf me een knipoog, maar liet het pakje onuitgepakt in zijn schoot rusten.

Ik zat in de stoel naast hem en frunnikte aan een gaatje in mijn spijkerbroek. De stiltes. Die blik. Het was al een tijdje zo. Ik besloot dit keer geen moeite te doen. Herman droeg een blauwe overall, bij de knie zat een scheur. Ik keek naar zijn grote handen. De huid was flinterdun en bezaaid met levervlekken. Aderen liepen als blauwe wormpjes aan de oppervlakte. Zijn rommelige witte haar had hij onder een petje verborgen. Het leek net of iemand hem op een streng dieet had gezet: de wallen onder zijn ogen waren blauwig, zijn wangen ingevallen. Hij zag er ongewoon bleekjes uit. Zijn dikke bril stond een beetje scheef, lange wenkbrauwharen piekten boven de rand van het montuur uit. Aan de binnenkant van de glazen zaten kleine witte vlokjes. Wenkbrauwroos.

De ontwikkelaar had een spoor van kringen op zijn broekspijpen achtergelaten. Herman rook een beetje zurig. Als hij terugkwam van een lange reis, hing ineens die vertrouwde geur weer in huis. Een penetrante geur van vettige huid, vermengd met koffie en tabak. Het was vaak lang wachten. Iedere dag vroeg ik aan mijn moeder wanneer hij er weer zou zijn. Ze telde de dagen uit op haar vingers, maar ik kon het nooit onthouden. Pas als ik de versleten groene rugzak in de hoek van de gang zag liggen, wist ik het zeker: Herman is thuis. Dan rende ik de trappen op naar boven. Als de deur van de doka gesloten was, moest ik eerst aankloppen. Zomaar naar binnen rennen was ten strengste verboden. Ik popelde, bonsde hard op de deur. Als na wat gerommel de warrige haardos van mijn vader om de hoek verscheen, sloeg ik snel mijn armen om zijn nek. Dan voelde ik zijn stoppels schuren en snoof ik alle zurigheid op.

Ineens was Herman gaan praten. Het bevreemdde mij telkens weer. Het was alsof het niet uitmaakte wie er tegenover hem zat. Mijn vader begreep niet dat je soms een gesprek moest beginnen door de ander eerst eens aan te kijken. Hij begon gewoon, midden in zijn eigen gedachtestroom, zonder inleiding, zonder logica. 'Ik heb ernaar gezocht,' mompelde hij. 'Mijn leven lang. Ik wilde het vastleggen. Voor mij alleen. Het schoonste in de wereld. Het blankste blank dat afsteekt tegen al het andere in de wereld. Grote, kleine, ronde, puntige. Om te strelen, te zoenen, te likken, op te eten. Alsof het taartjes zijn. Heuvels van room. Met bovenop een klein kersje... En ik heb ze gevonden. Meisjes van melk en honing. Ze deden voor mij hun kleren uit. Het was vaak intiem, spannend, ontroerend. Het was een manier om met de spanning om te gaan. Het was mijn rustpunt. Het oog van de orkaan... Je moeder, ze heeft nooit iets gezegd. En die meisjes, die vrouwen. Ze wilden alles voor me doen, poseren op alle mogelijke manieren. Toch lukte het nooit. Ik kreeg het niet voor elkaar. God, wat verlangde ik ernaar. Om ze te vereeuwigen. Mijn ode aan deze verrotte wereld. Ik wilde hun zachtheid en magie vangen. Maar zoals hun borsten in de werkelijkheid waren, bleek en kwetsbaar, zo kwamen ze niet op mijn negatieven terecht. Na iedere afdruk was ik opnieuw teleurgesteld. Je moest de huid van een borst zien ademen, de aderen voelen stromen. Ik wilde dat je het bijna kon voelen: hoe bloed en melk verscholen liggen, onder de oppervlakte van die prachtige huid. Maar nee, nee, nee... Zelfs op het mooiste papier verwelkte elke suggestie van leven... Bepaalde schoonheid is niet te vangen.'

Herman sprak zelden zijn gedachten uit. Nu zei hij dingen die ik niet wilde weten. Het was alsof hij gek was geworden. Ik baalde. Zomaar, ineens, werd een verborgen verleden prijsgegeven. Twee jaar geleden, aan de keukentafel, had hij zijn hart ook bij mij uitgestort. Precies op het verkeerde moment. Juist toen ik het onvermijdelijke had besloten: ik ging doen wat hij al die jaren had gedaan. Sinds mijn geboorte was ik al omringd door beelden. Honderden fotoboeken, duizenden foto's. Sommige beelden kon ik tot in detail navertellen. Maar ik wilde geen fotograaf worden. Juist niet. En toch... ik kon er niet van weglopen. Ik koos voor wat ik nooit had willen kiezen.

Na zijn monoloog was Herman stilgevallen. Hij keek nog steeds niet naar mij, maar bleef door het raam naar de straat staren. Ik stond op en liep naar de tuin aan de achterkant van het huis. Buiten stak ik een sigaret op. Ik zag allemaal beelden: Martha, huilend met twee grote tassen in de hal van ons huis. Mijn eindexamenboeken opengeslagen op de keukentafel met daarnaast een zwijgende Herman. Een ijskast vol beschimmeld eten. Mijn zus Leah, die een grote pan chili con carne maakt. Toen ik weer naar binnen liep, merkte ik dat ik kwaad was. Woedend zelfs. Ik liep de woonkamer in, ging voor hem staan, opende mijn mond, maar er kwam niets uit. Geen woord, geen geluid, zelfs geen zucht. Mijn hoofd, in de tuin nog vol gedachten, was leeg. Ik liep op Herman af, klopte hem op zijn schouder. Ik zei dat ik echt moest vertrekken, mompelde iets over rugzakken, een vliegtuig. Ik gaf hem een zoen op zijn hoofd. Op de stoep voor het huis startte ik de motor, ineens verscheen hij voor het raam. Hij hief kort zijn hand op, zei een paar woorden die ik niet kon verstaan. Ik keek naar hem. Een grote man met scheve schouders, zijn lange armen slap naast zijn lichaam.

Rome was te gek. Mijn vrienden en ik reden de hele dag rond op scooters. We gingen iedere nacht uit en rolden pas bij het ochtendlicht in onze stinkende hotelbedden. Op vrijdag, de tweede week van de vakantie, belde mijn zus. Het was twee uur 's nachts. We zaten met drie meisjes en een fles cognac op het randje van de fontein op het plein voor het Pantheon. Toen ik haar naam op het display zag staan, moest ik lachen. Leah. Mijn grote zus. Ik liep weg van mijn lallende vrienden, het plein over, richting het Pantheon, en nam op. 'Pap,' zei ze met verstikte stem. 'Hij...' Ik wist het meteen. Altijd was ik bang geweest voor dit moment. Ik wist dat ik zou huilen, gillen, schreeuwen. Ik zou op de grond vallen, iemand aanklampen. Nu was het echt. Ik voelde niets. Helemaal niets. Alleen een dof gevoel. Ik luisterde naar Leah. Haar woorden waren niet meer dan een dikke wolk geluid. Ik hoorde iets zoemen in mijn hoofd. Ik keek naar het Pantheon. Hoorde in de verte het geklik van hoge hakken op plaveisel. Ik zag Herman binnenkomen door de voordeur met zijn groene rugzak over zijn schouder. Vliegtuigje. We speelden vaak vliegtuigje... Ik zei tegen Leah dat ik zo snel mogelijk een vlucht naar Amsterdam zou regelen. Ik hing op.

Mijn vrienden hingen hikkend van de lach over elkaars schouders. De meisjes waren verdwenen. Het was nog steeds warm. Zwervers met vette haren en flesjes bier zaten op de platte treden van de fontein. Er was geen zuchtje wind. Ik ademde diep in.

De bel gaat. Door het trapgat hoor ik de stem van mijn moeder, de gehaaste groet van de begrafenisondernemer en het dichtslaan van de voordeur. Herman was twee dagen daarvoor wakker geworden met kramp in zijn darmen. Aan het ontbijt had hij zich verslikt in een kop melk. Proestend was hij van zijn stoel gevallen. Hij belde Leah in paniek op. In de middag was de pijn toegenomen. Samen waren ze naar het ziekenhuis gegaan. Herman werd in een rolstoel naar de eerste hulp gereden en op bed gelegd. Leah ging naar de gang om Martha in Parijs te bellen. Toen ze terugkwam stonden er twee artsen bij zijn bed. De situatie was levensbedreigend. Een darmperforatie. Zijn stoelgang liep in zijn buikholte en kon ieder moment in de bloedcirculatie terechtkomen. Als ze niet snel wat deden, zou hij bloedvergiftiging krijgen. Terwijl ze druk met elkaar stonden te overleggen, was Herman ineens weg. Een nauwelijks hoorbare zucht. Een kleine samentrekking van de handen. 'Het was,' zei Leah, 'alsof hij geen afscheid wilde nemen.'

Uit de keuken komen afwasgeluiden en een zacht

gefluit. Daniel. Altijd opgewekt, zelfs nu. Ik hoor Leah de trap op lopen. Ze steekt haar hoofd om de deur van de doka. Ze kijkt scheel en laat haar tong zien. 'Zullen we naar de slaapkamer gaan? We moeten zijn kleren uitzoeken.' We gaan mijn oude kinderkamer binnen. Het is de plek waar Herman de afgelopen jaren sliep. Mijn bed ligt er onopgemaakt bij. Alsof mijn vader er net uit is gestapt. Er hangen drie gekreukte overhemden over een stoel, in de hoek van de kamer ligt een stapel vuile was. Typisch. Alles moest altijd wijken voor de grote zaak. Eigenliefde kende hij nauwelijks.

Ik open de deur van de ingebouwde kast. Een stuk of tien stropdassen bungelen aan een latje aan de deur. Vijf jasjes en twee pakken, gehuld in plastic, hangen naast elkaar. Op de plank liggen een rommelige stapel overhemden en wat truien.

Schoonheid... is... niet... te... vangen...

De woorden zoemen door mijn hoofd. Ik spreek ze zachtjes uit terwijl ik met mijn vingers langs de stof van de jasjes glijd. 'Zei je iets?' Leah kijkt me vragend aan vanaf de rand van het bed. Ze heeft iets slungeligs, op een aantrekkelijke manier. Mijn eeuwig jonge zus met haar rode krullen en haar bleke gezicht. Ze draagt een oude spijkerbroek en een geel T-shirtje met het cijfer 51 erop gedrukt. Ze heeft haar schoenen en sokken uitgetrokken en friemelt met haar roodgelakte tenen in de lucht. 'Nah,' ik haal mijn schouders op en pak het stapeltje overhemden. 'Die witte? Of die met streepjes?' Leah schudt haar hoofd. 'Nee, die droeg hij nooit.' 'Deze dan? Deze ziet er mooi schoon uit.' Ze pakt een lichtblauw overhemd uit mijn handen en kijkt er kritisch naar. 'Mmmm... Het boordje is versleten... maar... oké... hij had dit wel vaak aan.' Ze legt zijn hemd op het bed. 'Zijn blauwe of zijn bruine pak?' vraag ik. 'Blauw.' Ik reik haar de hanger met de knisperende zak aan. 'Enne... moet hij een stropdas om?' 'Mja, doe maar,' zegt Leah afwezig terwijl ze achterover op het bed rolt en haar benen in de lucht steekt. 'Sokken?... Schoenen?' Ik kijk haar vragend aan. 'Uuhhhhmm...' Leah tuurt tussen haar krullen naar het plafond en bijt op haar onderlip. Dan schiet ze in de lach. Een heldere, volle lach. Het geluid borrelt op, diep vanuit haar keel. Ik kijk naar haar. Ze ligt plat op haar rug, haar armen en benen gespreid. Een streepje witte buik tussen T-shirt en spijkerbroek schokt op en neer. Maf wijf.

Na een eerste gezamenlijk lachsalvo kijken we elkaar aan. Dan beginnen we opnieuw. Harder. Steeds harder. Tranen rollen over haar wangen. Ik lach zo hard dat ik er kramp van krijg, ik leg mijn hand op mijn buik en zoek steun aan de rand van een stoel. 'Schoenen,' hijg ik. Leahs lichaam begint heviger te schokken. Nog meer tranen. Ik ga naast haar op het bed zitten en sla mijn arm om haar heen. Ze kruipt met haar hoofd in de kom van mijn schouder. Ik ruik de zoete fruitgeur van haar shampoo. Kus zachtjes haar kruin. Met het voorbijkruipen van de minuten nemen haar gesmoorde snikken en schokbewegingen af. Eenmaal tot bedaren gekomen kijkt ze me aan. Vegen mascara lopen schuin over haar wangen. Dan zegt ze: 'We kunnen hem ook zijn pantoffels aandoen.' We vallen achterover op bed. We lachen ons suf. Ik hoor beneden in de keuken het water stromen. Het laatste koffiekopje wordt gewassen.

Een Aziatisch meisje rent over een weg. Ze is naakt. Haar armen gespreid, haar mond open. Ze gilt. Ze is mager, houdt verkrampt haar buik in. Voor haar loopt een jongen in een korte broek en een wit hemd. Hij huilt. Zijn mond een zwart gat, de mondhoeken omlaag getrokken. Hij houdt zijn armen strak langs zijn lichaam. Er lopen meer kinderen over de weg. Verderop een paar soldaten. Ze kijken om zich heen. Op de achtergrond grijze en donkere wolken. Alles staat in de fik.

Herinnering. Het komt telkens als een verrassing. Een mottige geur, die uit de la van een kastje opstijgt, een onregelmatigheid in het behang waar ik vroeger vanuit mijn bed naar staarde, de rug van een boek met het woord *Magnum* in de kast. De twee blauwe inktvlekken op de groene rugzak van Herman. Mijn vader werkte soms weken thuis. Dan stond hij in de doka en drukte werk af voor kranten of tijdschriften. 's Avonds las hij kranten en tijdschriften in zijn stoel bij het raam. Onder het eten vertelde hij verhalen over primitieve stammen in Afrika, over de indianen in het Amazonegebied, leerde hij ons rare woorden uit vreemde talen. Het was fijn om bij hem in de buurt te zijn. Maar zodra hij vertrok, werd alles anders. Martha was warrig. Ze deed honderd dingen tegelijk, maar alles half. Soms vergat ze in de ochtend mijn boterhammen te smeren. Dan kwam ze mijn broodtrommel later op school brengen, zwaaide even voor de deur, haar donkere haardos vol pieken.

Meestal kalmeerde ze na een paar dagen. Dan werd het huis weer haar domein en gedroegen we ons als een gezin van vier. Alsof het gewoon was. We speelden toneel zonder dat we er een afspraak over hadden gemaakt. Dan werd het druk in huis. Vrienden van Daniel kwamen langs om in de kelder muziek te maken, Leah hing met vriendinnen op haar kamer, ik mocht elke dag kinderen van school mee naar huis nemen. Vaak speelde ik met mijn beste vriend Oscar stiekem in de doka en deden we alsof we foto's afdrukten. Of we lagen op de grond in de werkkamer van Herman en keken eindeloos naar plaatjes in zijn fotoboeken. Robert Capa, W. Eugene Smith, Ed van der Elsken, Don McCullin, Man Ray... Favoriet waren de boeken met zwart-witfoto's van Weegee. Beelden van dronkenlappen, slapend op bankjes in New York, verkeersslachtoffers, verkreukelde auto's, neergeschoten maffiosi. Ik speelde met Oscar vaak de scènes na: ik de agent, hij de boef. Ik de dronkenlap, hij de smeris.

Het moet een snikhete nacht zijn in New York. Acht kinderen liggen te slapen op een brandtrap. Vier van hen zijn goed te zien. Van de andere kinderen zijn alleen benen, een smoezelige witte nachtjapon en een broek zichtbaar. Een jongetje met een zaklantaarn belicht de slapende kinderen vanuit het raamkozijn. De fotograaf staat ergens hoger op de brandtrap. Zo kan hij de scène van bovenaf vastleggen. De aandacht wordt getrokken door het grootste meisje in het midden. Ze houdt een poesje in haar handen vast, haar zwarte jurk is naar beneden gezakt. Je ziet net een stuk van haar borst, haar tepel iets gezwollen. Een klein meisje ligt met opgetrokken benen tegen haar aan. Een iets ouder meisje in een wit hemdje ligt geklemd tussen haar en de muur van het appartement. Een jongen rechts slaapt met een hand voor zijn gezicht.

Iedereen binnen ons gezin dacht hetzelfde, maar niemand sprak erover. Dat was de code. Herman kwam altijd terug. Martha toonde ons nooit haar zorgen. Ze was vaak afwezig, luisterde onder het avondeten niet naar onze verhalen, maar ze bleef vrolijk. Ze werd ook nooit boos. Ook niet als ik 's nachts bij haar in bed kroop en vertelde over mijn nachtmerrie: een grote grijnzende aap op het hoofd van Herman. Wat hij ook deed, zijn hoofd heen en weer schudden, het beest met zijn handen wegslaan – de aap bleef zitten. Alsof hij zat vastgeplakt. Ondertussen keek hij mij aan met zijn geniepige gele kraaloogjes. 'Papa,' zei Martha, 'heeft een geheim wapen. In zijn tas zit een speciale jas. Die trekt hij iedere ochtend aan voordat hij de wereld in gaat. Niemand die hem ziet, niemand die hem kan raken.'

Toen ik later inzag dat mensen niet onzichtbaar kunnen worden, begreep ik dat het geen zin had om me zorgen te maken over Herman. Hij ging weg en kwam terug. Vies, maar ongedeerd. Eén keer was hij gewond geraakt. In elkaar geslagen in een bar in Tbilisi. Hij kwam thuis met twee gebroken ribben en zijn gezicht in het verband. Het had hem diep geraakt. Een halfjaar bleef hij thuis. Hij zat beneden op de stoel voor het raam. Hij sprak niet veel, las de krant, deed spelletjes met ons. Zijn camera raakte hij niet aan. De doka betrad hij niet. Het was fijn om hem in de buurt te hebben, maar ineens was het voorbij. Voor ik het wist stond hij met zijn tas in de gang. Klaar om terug te vallen in de routine: vliegtuig in, vliegtuig uit, reportage maken, vliegtuig in, vliegtuig uit. Weg van ons. Terug bij zichzelf.

En nu was hij dood. Hij was niet neergeschoten of geveld door een tropische ziekte. Hij ging, zomaar op een dag, dood in een ziekenhuis in Amsterdam. Een falend lichaam. Simpel. Ordinair. Alledaags.

Op het marmeren richeltje boven de wasbak staat een onuitgespoelde scheerkwast vol restjes schuim. Er ligt een blauw plastic scheermesje naast. Kleine baardhaartjes kleven aan de mesjes. Ik pak een flesje aftershave. Tabac. Oudemannengeur. Herman gebruikte het nooit. Ik zet het terug naast een oud, vettig borsteltje vol grijze haren. Ik kijk in de spiegel. Ik woel met mijn handen door mijn donkere haar. Ik pak een kam en fatsoeneer mijn kuif. *The Fonz*, zo noemt Leah mij altijd. Naar acteur Henry Winkler uit *Happy Days*. Ik kreeg haar altijd aan het lachen. Als ik in een strakke spijkerbroek en een leren jasje door de kamer wandelde en een imaginaire kam uit mijn achterzak trok. Alsof het een pistool was.

Ik huiver. Eergisteren waste hij hier nog zijn gezicht, poetste hij zijn tanden, deed hij zijn kunstgebit in een glas water, legde hij zijn bril op het nachtkastje.

Ik sla de dekens van het bed open en ga op de plek van mijn vader liggen. Mijn moeder ligt vlak naast me op een logeerbed dat we in de kamer hebben gezet. Ze slaapt niet. Ik kijk haar aan. 'Gaat het?' fluister ik. Ze knikt stilletjes. Een traan rolt langs haar neus. 'Ik heb jaren niet meer in dit huis geslapen,' fluistert ze. Ik veeg de traan weg met het puntje van mijn wijsvinger en pak haar hand. Ze knijpt in mijn hand. Ik houd haar stevig vast. Haar vingers ontspannen pas als ze in slaap is gevallen.

Die nacht dringt zich een aantal keer een beeld aan me op: Herman ligt alleen in zijn kist, onder de grond. Zijn neus en gedeelten van de huid op zijn gezicht zijn al verdwenen, de schedel schijnt erdoorheen. De weinige plukjes haar aan de zijkant van de schedel vormen een vrolijke krans om het hoofd. De leesbril staat voor de holle oogkassen. Het blauwe pak is nog intact. Twee sneeuwwitte, benige handen steken uit de mouwen. Witte beestjes en wormpjes kruipen over zijn hoofd en verdwijnen onder de stof van zijn pak. Ze knagen, ze knibbelen, ze kronkelen. Kan ik er gerust op zijn dat het niet erg is? Kunnen we het lichaam achterlaten in de koude grond? Ze zeggen dat het niet erg is. Dat lichaam en geest van elkaar gescheiden raken. Maar niemand weet dat toch zeker?

Mijn moeder slaapt nog als ik tussen de lakens uit glip. Ik sta lang onder de douche. De hete stralen stromen over mijn hoofd en schouders, langs mijn rug naar beneden. Ik kijk hoe het water in een trage kolk door het putje van de douche verdwijnt. Grijze haren steken uit de kleine opening. Het schuim van de shampoo blijft ertussen hangen. Beneden zet ik koffie. Dan loop ik de doka binnen en pak een camera van de plank. Het is een oude Leica M4, mijn vaders favoriet.

Ooit maakte Herman er een hele serie mee, meer dan twintig jaar geleden, voor ons vakantiehuis in Noord-Italië. Een van die foto's hangt ingelijst in de hal. Ik ken ieder detail. Tegen een achtergrond van oude stenen, de klimop en een grote parasol zit de hele familie op de trap, voor het huis. We hebben, voor de grap, ouderwetse kleren aangetrokken. Ze komen uit een kist in de kelder van het huis. We lijken net een gezin uit het begin van de vorige eeuw. Ik ben vijf en draag een wit hemd zonder kraag, met kleine knoopjes van voren. Ik heb een strooien hoedje opgezet en zit, met een rieten mand aan mijn voeten, op de onderste trede. Daniel staat naast me: een lange, slungelige jongen met puistjes en een grote grijns op zijn gezicht. Hij draagt een gestreept hemd zonder mouwen en heeft een pofbroek aan. Om zijn nek is een touwtje geknoopt met daaraan drie dode kikkers. Hij houdt twee halfvolle champagneglazen omhoog. Leah zit achter mij. Ze draagt een gestreept badpak en een grote flaphoed waardoor haar gezicht nauwelijks zichtbaar is. Haar rug is gekromd door de slappe lach. Ze houdt een leeg cocktailglas vast in haar hand.

Martha zit boven aan de trap, in een witte jurk die diep is uitgesneden. Haar donkere krullen zitten in een knotje, ze heeft er twee witte rozen in gestoken. De vorm van haar borsten is onder de nauwsluitende jurk goed zichtbaar. Ik heb wel honderd keer naar die foto gekeken. Mijn moeder. Alles is mooi aan haar. De lange armen, de armbanden om haar pols, haar bruine benen, haar stralende gezicht. Ze lacht. Breeduit. Herman staat naast de trap. Hij draagt alleen een korte broek. Zijn haardos donker en vol. Hij heeft een enorme fles olijfolie in zijn handen en grijnst van oor tot oor. Hij is overduidelijk net komen aanrennen en staat overdreven rechtop, in de houding gesprongen, wachtend op het moment dat de camera door de zelfontspanner de foto maakt. We hebben allemaal blote voeten, behalve mijn moeder. Ze draagt een paar afgetrapte sandalen. Ik ben de enige die niet lacht. Vreemd. Ik herinner mij het moment nog precies en weet hoe ik me die middag voelde. Ik was gelukkig. Gelukkiger dan ooit. Het was simpel. Ik wist waarom ik er was.

Het toestel ziet er gehavend uit. Er zitten sleetse plekken op de body en er zit een deukje aan de zijkant van de lens. Ik trek de bovenste la van een van de kastjes open en vind drie doosjes met ongebruikte filmrolletjes. Ik open een doosje en leg de film in de camera. Ik spoel door tot nummer 1 op de teller verschijnt. Hoe vaak heb ik mijn vader niet gezien met deze camera om zijn nek. Ik kijk naar het rijtje Nikon-camera's op de plank. Allemaal spiegelreflex. Een belichtingsmeter van Minolta. Een echte fotograaf kan voor een groot deel bepalen hoe een beeld eruit gaat zien. Een zorgvuldige meting van het licht, het instellen van het juiste diafragma, de juiste sluitertijd, dat is waar het om draait. Dat was de basis, zei Herman. Zelfs als je er geen tijd voor had, omdat je als een razende aan het schieten was.

Van digitale technieken moest hij niets hebben. Hij mopperde vaak op collega's die slechts enkele opnames maakten en daarna tevreden op hun digitale schermpjes keken of ze het juiste beeld hadden gevangen. Alle onverwachte foto's, alle verrassende opnames, het ging allemaal verloren, simpelweg omdat het niet meer werd gemaakt. Doodzonde. Als ik hem ervan probeerde te overtuigen dat je dankzij die digitale technieken juist heel gericht kon werken, werd hij alleen maar chagrijnig. Het enige waartoe ik hem kon overhalen was dat ik af en toe zijn negatieven liet inscannen. Dan kon hij digitale prints maken. Maar dat betekende betekende het einde van de doka. Dat deed hem pijn. Hij gaf niet op. Hij bleef doorgaan.

Een zwarte vrouw kijkt in de camera. Ze staart in de lens, heel direct. Haar blik is niet boos, niet verdrietig. Die zegt maar één ding: dit ben ik. Ik zit hier, kijk naar mij. Ze is zelfbewust, naakt, broodmager met een opgezwollen buik. Ze heeft een doek om haar heupen geslagen. Ze zit op bed. Een baby, de ribben zijn onder de strakke huid te tellen, zit op schoot. Het kind zuigt aan een van haar borsten. Als je die zo zou kunnen noemen. Ze heeft alleen maar twee velletjes.

Het leven gaat om de ander. Dat zei Herman altijd. Heeft de een veel, de ander weinig, dan geef je. Is er pijn en leed, dan help je. Is er onrecht, dan stel je het aan de kaak. Hij werd opgezogen door de geschiedenis. Hij moest en zou getuige zijn van de grote politieke gebeurtenissen van zijn tijd. Toch vergat hij te kijken. Wij waren altijd onscherp. Ver weg uit zijn blikveld. *Out of focus*.

Irak. 2003. Razend was hij teruggekomen. De Amerikaanse invasie had hij willen vastleggen in zwart-wit, met zijn oude Leica. Drie weken lang was hij met een fikser op pad. Buiten de Groene Zone. Hij nam grote risico's, fotografeerde gewonden in ziekenhuizen, was bij mensen thuis geweest. Hij had zelfs een graf met een aantal lijken vastgelegd. Op het vliegveld, vlak voor de terugreis, waren zijn rolletjes door de Amerikanen in beslag genomen. In Nederland had hij contact opgenomen met de Amerikaanse ambassade, het ministerie van Buitenlandse Zaken, niets hielp. Het maakte hem razend. Vooral omdat hij had gezien hoe sommige jongens in de ochtend, met hun hypermoderne uitrustingen, vanuit hun hotel een taxi regelden, eropuit gingen om wat beelden te schieten. 's Avonds ploften ze weer in hetzelfde hotel met een fles whisky op de bank. 'Ze worden door persbureaus gedwongen iedere dag plaatjes af te leveren. Even schieten en hup, opsturen via de computer.' Hij gromde. 'De oppervlakkigheid. Ze krijgen de tijd niet om contact te maken met degenen om wie het daadwerkelijk gaat. Het is drama en leed op bestelling.' Die jongens leefden voor de kick, de snelle roem, meende Herman. Ze kwamen terug van hun dagtrip, snoven zich door de nacht heen en vertelden elkaar grote verhalen. 'Slaven zijn het. Slaven van de persbureaus. Slaven van het kapitaal!'

Ik had hem nooit zien huilen. Tot het moment dat hij, twee jaar geleden, uit Libanon naar huis was gekomen. Het was de dag dat ik hem vertelde dat ik, net als hij, de wereld in wilde trekken. Herman zei niets, hij zat voorovergebogen aan de keukentafel, met zijn handen bonkte hij tegen zijn slapen. Hij maakte me bang. Ik had hem voorzichtig op zijn schouder getikt. Verschrikt had hij me aangekeken. Bleek, met holle ogen, zijn mond trilde. Hij greep me bij mijn schouders en barstte los. 'Qana. Ik was er als een van de eersten. De Israëliërs hebben de boel platgebombardeerd. De ravage... onvoorstelbaar. Alles in puin, overal lichamen onder de brokstukken. Kinderen... Er waren veel kinderen. Dood. Opnieuw doden... Dat was het niet. Het was het geluid. Ik krijg het niet uit mijn kop. Ik hoorde mensen gillen, onder het puin. En ik kon er niet bij, niemand kon erbij, we wisten dat ze daar lagen. Dat geluid... Ik schaam me ervoor, echt waar, dat ik het nu pas voel. De wreedheid... Mijn gedachten... het zijn net vogels. Alleen, ze hebben geen vleugels. Alles blijft... de rest komt terug... ik kan het niet stoppen... alle beelden. Ik zie het allemaal. De man zonder benen, hij lag in de sneeuw, vlak buiten Grozny. Hij leefde nog. Hij keek me aan. Ik kon niets doen... De vrouw in Libanon die een sinaasappel met mij deelde... voor ons haar twee doodgeschoten dochters... hun bloed op de droge aarde. Congo... Ik voelde helemaal niets meer. Ik kon niet meer ruiken, proeven. Iedere avond zat ik in een tentje in het vluchtelingenkamp. Mensen bewerkten elkaar met hakmessen... Het was huiveringwekkend. Dit was geen schieten. Om een ander met een machete te doden moet je dichtbij zijn... je moet erboven staan. Je raakt ze aan, je ruikt ze, je ziet ze gillen, van dichtbij... Sommige mensen moesten onder dwang hun geliefden doden... Toen ik terugkwam, wist ik niet meer wie ik was... Als we beesten zijn, hoe kunnen we elkaar dan vertrouwen? Na Congo ging het niet meer... Maar ik kon het toch wegdrukken. Ontkennen. Maar nu... dat geluid. Dat geschreeuw. Ik hoor hun stemmen vanonder het puin...'

Ik luisterde, mijn hand zachtjes op de rug van Herman, maakte thee voor hem. Gearmd waren we de trap op gelopen. Ik had hem in zijn pyjama geholpen en in mijn oude bed gelegd. Terwijl hij in slaap viel, was ik, in een hoek van de kamer, op een stoel gaan zitten. In het donker staarde ik naar zijn lichaam dat ademde onder de dekens. Ik was zo trots.

'Ik heb uw vader net uit de koelcel gehaald. Hij ligt in die kamer.' De vrouw knikt met haar hoofd richting een gesloten deur met matglas waardoor een blauwig licht schijnt. 'Als u klaar bent, hoor ik het wel,' zegt ze en ze sluit de deur. Ik ga naar binnen. Herman ligt onder een laken, in het midden van de ruimte op een stalen roltafel. Het tl-licht maakt hem ongewoon bleek. Ik strijk met mijn vingers langs de ijskoude wangen en raak voorzichtig de witte haartjes achter zijn oren aan. Ze zijn zacht. Zijn hoofd is net een steen, of een zak. Het gewicht van de dood. Zijn handen. Iemand heeft ze keurig over elkaar gevouwen. De huid lijkt van perkament, met honderden fijne rimpeltjes. Op zijn linkerhand zit nog een pleister. De toppen van de wijs- en middelvinger van zijn rechterhand zijn gelig. De eeuwige roker. Ik loop naar het voeteneind. Zijn blote voeten steken onder het laken uit, de tenen staan gekruld naar boven. De nagels zijn lang en vies.

Ik pak zijn camera. Ik ga een meter van zijn lichaam staan en stel het diafragma in op 4 en de sluitertijd op 60. Ik zak door mijn knieën, kijk door de zoeker en stel scherp op de zijkant van de neus. Een haviksneus met in de boog van de neusvleugel een grote, ronde pukkel. Aan de zijkant, vlak onder het gesloten ooglid, loopt een diepe schuine geul. De afdruk van een te zwaar brilmontuur.

Nu stel ik scherp op de witte baardhaardjes op de

wangen. De huid van het voorhoofd en de licht ingedeukte slaap zijn een landschap van vlees.

Ik zak nog lager en richt de lens op het oor. Het is dikkig, rood en opgezwollen, omringd door een krans van witte hoofd- en baardharen. Een rimpel huid hangt er losjes boven.

Ik sta op en stel scherp op het bleke gezicht, de metalen glans van de plaat waar mijn vader op ligt schemert op de achtergrond. De kin is ingezakt en de mond staat iets open. Net een gleuf waar je muntjes doorheen kan laten glijden.

Ik loop naar achteren, aarzel even en ga aan het hoofdeinde staan. Zijn kale hoofd is net een zak vlees met vlekken en kanalen, veroorzaakt door het bloed dat door de zwaartekracht naar beneden is gezakt. Ik stel het diafragma in op 5.6 en de sluitertijd op 30. Wit marmer met rode wijnvlekken.

Ik loop naar achteren en maak een foto van de ruimte met in het midden het lichaam. Ik doe een paar passen naar voren. Ik twijfel. Mijn hand glijdt over het laken. Ik schuif het langs de haarloze, melkwitte benen omhoog.

Roomblanke borsten.

Radslag voor Lincoln

Licht schijnt in mijn ogen. Ik hoor straatverkeer. Stemmen. Waar ben ik? O ja... Hanoi. God. Ik houd het niet meer bij. Zo veel plekken, zo veel steden. Ik ruik de lakens nu wel een klein beetje. Zurig. Toch? Als ik mezelf kan ruiken, dan is het flink mis. Getverderrie. Ik voel op het kastje naast het bed, daar ligt mijn bril. Ha. Zo zie ik beter. Even omhoogkomen. Zo. Ja. Ik loop naar de badkamer en draai het kraantje open. Het ding valt bijna uit elkaar. Komt er nou wat uit? O ja. Nou, water kan je het ook niet echt noemen, eerder roestbruine smurrie. Hè hè, even zoeken. De toilettas? Zeep. Even mijn gezicht en mijn oksels insmeren. Zo. *Bam!* Wat gebeurt er? Nee. Mijn hartmedicijnen! Nou heb ik het potje met mijn elleboog van de wasbak gestoten. Waar is het nou gebleven? Even naar achteren. O, mijn god. Wat... Au! Mijn kont. Mijn been. Oef. Ik lig op de vloer. Mijn slipper. De pilletjes. Ik ben uitgegleden. Mijn bril. Waar is-ie nou weer? Van mijn neus gevlogen. Oef. Wat een pijn. Felle steken in mijn dijbeen. Au.

Ik ram met mijn vuist op de tegels. Au. Dat doet ook pijn. Ik wil niet schreeuwen. Ik zie geen steek! Ah. Daar. Zo. Dat ziet er niet goed uit. Bloed. Een flinke schaafwond op mijn been. Mmm. Hoe gaan we dit doen? Eerst nog maar even wat uitrusten.

Ik staar naar het plafond. De vloer is koel. Wel lekker eigenlijk. Nog even. De pijn trekt weg. Zo. Nu de rand van het bad vastpakken en me omhoogtrekken. Kan ik nog staan? Ja. Even een handdoek natmaken. Nou voorzichtig... ja... goed, beetje het bloed wegdeppen. Ja. Zo is het beter. Voorzichtig naar het bed lopen nu. Goed. Even zitten. Bloedt het nog? Een beetje, even nog ertegenaan houden. Ah ja. Nou, het valt mee, geloof ik. Kleren. Waar is mijn broek? Ik pak mijn witte overhemd. Het zit vol bruine vlekken. Iets wat nog schoon is. Even kijken. Ik pak mijn reistas. Mmm... alleen maar vuile hemden en broeken. Nieuwe onderbroek? Even ruiken. Argh! Nee. Dat wil je zelfs je ergste vijand niet aandoen. Ja. De was. Ik weet het. Moet ik ook laten doen. Maar niet vandaag. Even niet. Dan maar dit vieze overhemd. Mijn broek? O, daar. Sandalen? Check. Goed. *Let's go.* Even kijken op mijn horloge. Tien voor acht. De bus vertrekt om halfnegen voor dat chique hotel. Welke straat was het ook alweer? Hang Bac? Dat is nog wel een eindje lopen. Zal nu wel wat langzamer gaan. Waar is de reisgids? Ah. Hier. En ik had toch nog wat stukjes ananas? Nou ja, laat maar. Ik hang mijn buideltje met mijn geld en paspoort om mijn nek. Ik check nog een keer mijn been. Goed. Het bloedt niet meer. Ik sluit de deur van mijn kamer.

Wat is die lucht toch weer klam. Je bent nog geen vijf minuten buiten of de haren plakken alweer tegen je hoofd aan. Even pauze. Zo. Hang Bac? Is dit de juiste straat? O wacht. Ik zie een minibusje. En die jongen met dat kuifje, die zag ik gisteren ook al bij de balie staan. Vast de reisleider. Ja, het klopt. Hij zwaait al. Voorzichtig. Even rustig die straat oversteken. Kijk om je heen. Stelletje gekken hier. Dat verkeer. Niet normaal. '*Hello, hello! How are you?*' De jongen komt op me afgelopen. '*You okay, sir? Your leg. No good.*' Ik geef de jongen een hand en mompel: '*Just help me to get in the car.*' Ik leun zwaar op zijn arm en stap het busje in. Naast de plek van de chauffeur zit een lange jongen met een baardje. Hij rookt een sigaretje uit het raam. De rest van het busje zit vol Aziaten. Bah. Meer van hetzelfde. Van die keurig geklede jongens en meisjes. Japanners. Altijd met honderd digitale camera's en telefoontjes op pad. En dan die meisjes. Zuurstokroze jurkjes. Kijk ze heen en weer schuiven op hun bankjes. Ze worden nerveus van me. Groepsmensen. Ach. Ik begrijp het ook wel. Ik zie er ook niet bepaald appetijtelijk uit. '*Hiya, fellas!*' Ik steek mijn hand op en grijns. Ze staren terug.

Achter in de minibus is nog een plekje. Wat een dik

stel! Chinezen, vermoed ik. Voorzichtig gaan zitten. Aahh. Ik plof neer. Ja hoor. Het meisje schuift meteen dichter tegen haar vriend aan. Stink ik nog? De gids steekt zijn hoofd door de deuropening. Hij stelt zichzelf voor. Ik versta het niet. Ik vraag aan het Chinese meisje: '*What's his name?*' Ze trekt haar neus op. '*Monkey Boy.*' Hoor ik dat goed? Maffe Aziaten. Kuifkop vind ik beter. Wacht, Hij gaat wat zeggen. De jongen kijkt op een lijstje en schreeuwt door het busje: '*Hello! This is Bob. He from America. Say hello. Thank you!*' Ah. Het gaat over mij. Ja ja. Iedereen zegt hallo. Ik knik. De jongen met de baard draait zich om, zwaait met zijn hand. Hij stelt zich voor als Hans uit Duitsland. Kuifkop laat weten dat de bus zo zal vertrekken. We wachten nog op één toerist. Goed. Mij best. Ik vis de reisgids uit mijn tas en begin te bladeren. Halong Bay wordt 'het wonder van Vietnam' genoemd. Wacht. Waar stond het nou ook alweer? Ik kan het niet goed zien. Ik draai me opnieuw naar de Chinese en zwaai met het boekje voor haar neus. '*Halong Bay. Where?*' Ze kijkt me afkeurend aan. De jongen naast haar haalt zijn schouders op. Ik blader door het boekje. Ah. Op een foto zie ik ronde bergen als een kronkelende slangenrug uit de zee steken. De nevel hangt in slierten boven het water. Ziet er goed uit.

De deur schuift open. Een blonde toeriste stapt binnen. Ze kijkt geschrokken. De enige vrije plek is naast mij. Dat moet inderdaad een verrassing zijn. Ze kijkt me aan, glimlacht beleefd, duwt haar rugzak onder de stoel en gaat zitten. '*Hi*,' zegt ze op zachte toon. Ik schuif een beetje opzij. *Holy crap*. Ik ruik haar! Wat een geur. Zoiets heb ik in jaren niet meer geroken. Heerlijk. Mijn neus heeft het dus niet helemaal opgegeven. Ik voel me op slag twintig jaar jonger. Ik snuif. Diep. Dat ik dit nog mag meemaken. Fris en zoet. Citrus, witte rozen en nog iets... mmm... mmm. Oeps. O. Ze kijkt me een beetje raar aan. Het zweet breekt me uit. Ik stink vast nog steeds. Ik gluur naar haar. Ze lijkt zich nergens aan te storen. Wat een lange bruine benen. Uit haar sandalen steken waaiers knalrode nagels. Net zuurtjes. Een klein ringetje glinstert om haar teen. Nooit eerder gezien. Heel vrouwelijk. Dat wel.

Hoe zag Evelyn er ook alweer uit, veertig jaar geleden? In dat café. Wat was ook alweer de naam van die plek? Was het nou Pools? Ze dronk zwarte koffie, zat alleen maar te praten. Een lange monoloog. Ze was kwaad. Ik kon er geen woord tussen krijgen. Ik staarde naar haar mond, volgde de kringetjes rook die ze uitblies. Toen ze wegging, bestelde ik pas zelf koffie. Door het raam had ik haar stilletjes geobserveerd terwijl ze de straat overstak. Een ranke verschijning in een keurig mantelpakje op hoge hakken. Haar blonde haar met kleine speldjes opgestoken. De vioolkist op haar rug.

De chauffeur start de motor en probeert zich langzaam in het verkeer te wurmen. Au. Oeps. Er trekt weer een steek door mijn dijbeen. Ik probeer mijn gezicht in de plooi te houden. *Damn.* Het lukt niet. De blonde vrouw draait haar gezicht naar me toe en kijkt me onderzoekend aan. '*Are you all right?*' Aardige ogen. Mooie mond. Haar mondhoeken trekken licht naar beneden. Het geeft haar een wat trieste uitdrukking. '*Yup. I'm okay.*' Ik trek een gek gezicht. Ze kijkt me vol medeleven aan. 'Reist u alleen?' Ik knik. Weer die blik. Die heb ik al vaker gezien sinds ik op reis ben. Blijkbaar wek ik medelijden op. Of medeleven. Tja. Ik weet het. Ik zie er verward uit. Daar kan ik ook weinig aan veranderen. Het is lastig voor jezelf te zorgen als je op reis bent. Zeker in dit soort snikhete oorden. Daarbij. Ach ja. Het kan me ook niets schelen. Sinds Evelyn dood is, maakt het niks meer uit.

Waar zou ze vandaan komen? Ze is geen Amerikaanse. Eerder Europees. Zo'n slepend accent. Net als die Duitser voorin. Het is alsof die mensen hun lippen niet goed kunnen bewegen. Misschien is ze Zweeds? Fins? Ach. Ze heeft net zo'n neus.

Evelyn. Wat had ze toch een mooi gezicht. Grijze ogen die exact op dezelfde hoogte stonden, wenkbrauwen die eruitzagen alsof ze met een liniaal over haar voorhoofd waren getrokken. Alles gelijkmatig, evenwichtig. Bijna irritant soms. Ja, dat was het. Hoe kon iemand zo perfect zijn? Geen rimpeltje of wimpertje was links anders gevormd dan rechts. Haar neus kaarsrecht. Zo stond ze ook, kaarsrecht, op het podium in Carnegie Hall.

Ik zat in mijn tweede jaar. Conservatorium. Of was het al het derde? *Anyway*. Zij speelde het vioolconcert van Mendelssohn. Samen met de andere studenten zat ik op de tweede rij. Haar hand. Man. Die ging vliegensvlug over de hals van de viool. Wow. Ik was verkocht.

Er verdwijnt nu steeds meer uit mijn gedachten. Soms weet ik een halfuur lang de meisjesnaam van mijn moeder niet meer. Maar dit. Nooit. Dat zelfvertrouwen op het podium. Ik vond het een kick. Ik had dit concert al honderden keren gehoord. Kende iedere noot. Je kon er een show van maken. Maar dat deed ze niet. Nee, nee. Evelyn. Toen nog niet mijn Evelyn. Ze durfde kwetsbaar te zijn. Soms speelde ze ingetogen, leek ze haar instrument bijna te liefkozen, dan ineens barstte ze los in een gevecht met de snaren. Hallucinerend om naar te kijken. En ik had het er moeilijk mee. Eigenlijk. Het was zo knap wat ze daar deed. Ik zat, vechtend met mijn simpele ego, vol bewondering naar haar te kijken. Tranen welden op in mijn ogen. Dit was, ja... dit was... Ik kan het nog steeds niet zeggen. In mijn beleving stond alles en iedereen, de dirigent, het orkest, het publiek, in dienst van haar. Na het applaus wist ik maar één ding: ik ga naar haar toe.

Ik stond bij de artiesteningang. Toch? Of was het nou... Nee, nee, het klopt. Toen ze met een groep collega's naar buiten wandelde, kon ik haar rustig bekijken. In het felle licht van de straatlamp zag ik ineens dat ze een stuk ouder was dan ik. Toen schrok ik wel even. Het bracht me van mijn stuk. De manier waarop ze lachte. God. Ik weet het nog precies. Ik wilde afhaken. Dit is een vergissing, zei ik bij mezelf. Toen ik me omdraaide om te vertrekken, tikte iemand haar op de schouder en wees in mijn richting. 'Vriend van jou?' Ze keek mijn kant op en hief met een ironische grijns haar hand omhoog. Gesnapt. Met losse tred liep ik op haar af. Of ze wat wilde gaan drinken. Ik was echt geschift. Wat een durf. Ze schudde haar hoofd, knikte richting de bus. 'We vertrekken zo.' Ik vroeg of ik met haar kon afspreken als ze weer in New York was. Ik gaf haar een kaartje met het adres en het telefoonnummer van mijn hospita. Ze keek me bedenkelijk aan. Een scheef lachje. 'Ik zal er eens goed over nadenken.' Die boodschap was duidelijk. Ik bedankte haar en droop af. Man, wat geneerde ik me. Ik liep snel naar het metrostation.

Ik kijk uit het raam. We zijn de stad al uit. Ik zie rijstvelden en kleine, lage huisjes. Hoe lang duurde het daarna ook alweer? Twee maanden? Er lag ineens een kaartje voor mijn deur. '*Ik ben op 3 en 4 augustus in New York. Ik zou het leuk vinden om in de middag af te spreken. Met vriendelijke groet. Evelyn Maier.*' Onderaan een telefoonnummer. Andere regio, zag ik. Ik pakte de telefoon, draaide het nummer, zette me schrap. Vier seconden later nam ze op. Ik schrok me een ongeluk. We spraken af. In dat Poolse restaurant... Wat was het nou ook alweer? Ik probeerde er net ook al op te komen. In de East Village. Ja... wacht... ik weet het weer. Veselka... Oekraïens. Ja, dat was het. God, wat moest ik lang wachten. De rest van de week deed ik echt geen oog meer dicht. Urenlang studeerde ik piano. Ik volgde lessen aan het conservatorium, hing iedere avond in het café. Voor de vorm. Natuurlijk. Ik moest doen alsof ik mijzelf in de hand had. Niet voor de anderen. Ik vertelde niemand iets. Nee. Voor mijzelf. Maar ik dacht zoveel aan haar dat ik vergat hoe ze eruitzag. Aan het einde van de week had ik haar helemaal stukgedacht. Op die dinsdag, wat was het ook alweer, de vierde? Ja. Goed. Ik was ervan overtuigd dat ze niet echt bestond. Toen ik Veselka binnenliep, slaakte ik letterlijk een zucht van verlichting. Dat ze er gewoon zat. Dat ze leefde. En man. Wat was ze godvergeten mooi. Alleen aan de bar, *The New York Times* uitgespreid over de tafel. Een kop koffie naast haar.

Het was 1964. Het land was in de war. Ik ook trouwens. Maar goed. Dit terzijde. De moord op Kennedy. Ik weet het nog precies. Vicepresident Johnson was verkozen tot president. De situatie in Vietnam begon te escaleren. De Maddox, die Amerikaanse torpedobootjager, was in de Golf van Tonkin aangevallen door Noord-Vietnamese torpedoboten. De Amerikaanse luchtmacht had teruggeslagen. Er was een vergeldingsactie uitgevoerd op de Noord-Vietnamese vloot. En Johnson? Die wilde een blanco volmacht krijgen van het Congres. Ha. Sluwe vos. Zo kon hij een oorlog in Azië beginnen. Ik weet nog heel goed wat Evelyn zei. We sloegen volgens haar de verkeerde weg in. Ze noemde Johnson een manipulator. Hoe wisten we eigenlijk wie er als eerste was begonnen met schieten? 'Hij misbruikt het incident,' zei ze. 'Hij wil deze oorlog.' Ze was kwaad. Als vicepresident had Johnson zich uitgesproken tegen de situatie in Vietnam. 'Hij heeft toch beloofd dat hij onze militairen geen zinloze dood in zou sturen?' zei Evelyn boos. 'Wat betekent dat dan? Hij is een draaikont.'

Ik vond haar naïef. Ik moest eigenlijk lachen. Vreemde vrouw. Ik kwam uit Boston. Ik woonde al twee jaar in New York. Ik kende meer eigenzinnige types, maar hier keek ik wel een beetje van op. De meisjes uit Brookline, mijn buurt, waren van die dodelijk saaie wezens uit keurige rooms-katholieke middenstandsgezinnen. Ingetogen, preuts, afwachtend. Bah. Allemaal één pot nat. God, ja. Saaie zomerfeestjes met vruchtenpunch. Wel flirten, maar als het op seks uitdraaide, werden de handen van de bovenbenen weggeduwd en kwamen er tranen. Evelyn, die was totaal anders. Een frisse wind. Ze kwam uit Lexington, een stadje in Virginia. Opgegroeid op het land, in het bos, tussen de paarden. Vader huisarts, moeder pianiste. Andere conventies. Of, nu ik eraan denk, geen conventies. Ze bewoog zich bijna hoekig, zei wat er in haar opkwam en ondertussen was ze een topvioliste. Heerlijk. Ze daagde me uit. Ook al waren haar boude beweringen totaal onzinnig.

Ik was arrogant, net als zij. Ik legde haar uit dat Amerika's betrokkenheid bij de oorlog onvermijdelijk was. Misschien had ze het niet doorgehad, maar Kennedy was die weg al veel eerder ingeslagen. Het was verstandig om het communisme een halt toe te roepen. Ik zag onze aanwezigheid in Azië als een morele plicht. Wat zei ik ook alweer? 'Je moet meer vertrouwen hebben in de politiek.' Dat had ik beter voor me kunnen houden. Ze barstte los. Ze noemde me gemakzuchtig, conservatief en dom. Hoezo morele plicht? Als ik dat beweerde, dan zouden de politici in dit land oprecht onbaatzuchtig moeten zijn. Maar dat was niet waar het hier om ging. Machtspolitiek. Deze regering dreef op machtspolitiek. Als er oorlog kwam, waren gewone burgers het slachtoffer. Wow. Wat was ze kwaad. Ik zie haar ineens weer haarscherp voor me. *Boy.* Dat je zo viool kon spelen en je daarnaast nog druk maakte om Vietnam. Evelyn toch. Waar hield je je toch allemaal mee bezig... Was ik wel genoeg voor je? Ik schud mijn hoofd en kijk grinnikend door het raam naar buiten. Het idee dat ik ooit in volle overtuiging de eer van Johnson heb proberen te verdedigen. Ha. Bespottelijk. Een lange sliert mensen op brommertjes trekt aan het raam voorbij.

'Uw been.' 'Huh?' De jonge vrouw wijst naar mijn been. 'Wat is er met uw been gebeurd?' 'Ahrgh...' Ik wuif afwerend met mijn hand. 'Het is niks.' Wat ben ik toch een aansteller. Nog altijd stoer doen. Ze maakt me nieuwsgierig, deze vrouw. Ze lijkt nogal eenzaam. Ik ken dat wel. Dat gevoel van vervreemding als je te lang zit opgescheept met je eigen gedachten. Maar ja. Ik ben het inmiddels wel gewend. Ik praat ook veel tegen mezelf. Zonder dat ik het doorheb. Soms tegen Evelyn. Dat is eigenlijk alleen maar erger geworden sinds ik op reis ben.

Het was een goede beslissing. Weggaan. Het restaurant en huis in Washington verkocht, terug naar New York, appartement in Brooklyn Heights. Alles nieuw. Maar toen ik daar zat. Er was niets. Niemand. Na een maand had ik het wel gezien. Ik pakte mijn reistas in. Geld was geen probleem. Dat was het begin. Zuid-Amerika. Noord-Afrika. Australië en Indonesië. China, Laos, Cambodja en Vietnam.

'Ik heet Bob,' Ik steek mijn hand uit. Ze grijpt mijn vingers. 'Mila.' Ik lach. 'Mooi... u bent al lang op reis?' 'Tien dagen.' Ze kijkt me wat verlegen aan. 'Maar u bent vast al langer op pad.' Voordat ik kan antwoorden, maakt de wagen ineens een onverwachte slinger naar rechts. De dikke Chinese vrouw zakt met haar volle gewicht tegen me aan. Ik plet Mila tegen het raam. Ze slaakt een klein gilletje. De Japanners giechelen. 'Niks aan de hand!' gilt Kuifkop. Hans draait zich ineens om. '*This is soooo typical*,' zegt hij met een zwaar accent. 'Aziaten zijn gek. Knettergek. Kijk. Allemaal auto's en vrachtwagens. En ondertussen rijden er hele families op brommertjes tussendoor. *Chaos. Madness.*' Hij lijkt ervan te genieten. Mila trekt wit weg.

Eigenlijk heb ik het nooit begrepen. Wat zag ze toch in mij? Waarom bleef ze me opzoeken? Ze kwam steeds vaker naar New York. Ze had het enorm druk. Maar ze vond telkens wel een manier. We aten in goedkope tentjes, gingen naar concerten, de bioscoop. Het liefst kookte ik voor haar op mijn kamertje in Queens. Zij nam mijn hele platencollectie door, ik stond met mijn neus boven de dampende pannen. Ah, die geuren. Als ik weer zo kon ruiken als toen... al die kruiden. Boy. Wat een sensatie. Die nieuwe geuren uit het Oosten. Meneer Chandy, mijn Indiase buurman, leerde me een echte curry maken. Hij bracht me zakjes met mosterdzaad, kardemom, komijn, koriander. Kruiden waar ik nog nooit van had gehoord. Geuren waar ik intens gelukkig van werd. Terwijl ik kookte, draaide zij pianoconcerten van Rachmaninov, symfonieën van Beethoven en

Sjostakovitsj. Prachtig... ja, geweldig... en uiteindelijk, altijd, waren daar weer de Beatles.

Ik stortte me ook op de Italiaanse keuken. Pasta carbonara, pasta putanesca, gnocchi, eigengemaakte chocoladekoekjes. Ik sneed gezichten uit aardappelen, speelde pianostukken op de rand van de keukentafel terwijl ik haar scheel aankeek. Dat was het natuurlijk. Ik denk dat ik haar aan het lachen kon maken. Altijd weer. Zeker als ik mijn bemoeizuchtige hospita nadeed. Dan lag ze onder de tafel. Dat was mijn kracht. Evelyn. *Such a free spirit.* Maar zo serieus. Ik moest haar losschudden. Ik was er om haar aan haar grote teen te trekken. Zoiets.

Ik kijk naar Mila. Ze heeft diezelfde... wat is het... ijzigheid? Nee, nee, dat is het niet. Eenzaamheid eerder? Alsof je haar niet mag aanraken. Wanneer durfde ik dat wel? Het duurde wel een halfjaar. Was het januari, dat ik de trein nam naar Washington D.C.? McGovern... het was verdomde koud... Au, verdomme, dat been... Even anders zitten. Aargh. Zo... Ik ging er heen voor een concert. Ja. Dat was het. Ze speelde Tsjaikovski. *D major.* Heerlijk. Ze was fantastisch. De zaal was laaiend enthousiast. En toch vluchtten we al snel weg. Tot diep in de nacht hingen we in een bar. Vanaf Constitution Avenue wandelden we, wankelend op onze benen, door de sneeuw naar het Lincoln Memorial. *My God.* Ik was op dreef. Ik maakte dansjes, bekogelde haar met sneeuwballen.

Op gedragen toon las ik een stukje voor uit de inscriptie in de muur achter de oud-president. Weet ik het nog? Iets met God. Natuurlijk. En dan... '*Laat ons ernaar streven... ons werk te volbrengen en om de wonden van de natie te helen.*' Ik heb geloof ik zelfs nog een radslag gedaan. Ouwe gek. *Anything for Evelyn.* Het was de enige keer dat ze volledig over haar eigen grenzen ging. Op haar hoofd. Haar jas viel over haar gezicht. Haar keurige rokje bleef als een koker rond haar benen staan. *My crazy girl the drunk.* En toch stuurde ze me naar huis. In al haar koppigheid. Puh. Dat hotel in Georgetown. Geen oog deed ik dicht. De alcohol gierde door mijn lijf, mijn hart klopte in mijn keel. Ik was knalverliefd.

De volgende dag nam ik een besluit. Dat eindeloze hunkeren naar haar. Ik had er genoeg van. Schoon genoeg. De volgende dag hield McGovern zijn grote speech. Hij was fel. En terecht. Hij zei dat we niet zouden winnen. Hij kwam met een plan. Maar het ging helemaal langs me heen. Ik ging naar een kledingzaak en kocht een te grote, zwarte overjas. En van mijn laatste centen een bos rozen. Ik belde aan. Evelyn deed open. Ik trok een raar gezicht. Ze barstte in lachen uit. Ze pakte me bij de jas en gaf me een kus. Ja. Het was gedaan. Toen ging het snel. Ik kapte met het conservatorium. Drie maanden later stond ik met twee koffers op het perron van Union Station. In juli trouwden we.

'*Sooooo. Yes. Who has not been to Halong Bay?*' Kuifkop neemt zijn rol als reisleider serieus. Hè hè. Nu gaan we het krijgen. Oeps. De bus maakt een grote zwiep naar links. 'O god!' schreeuwt Mila. 'Het wordt echt lachen straks!' tettert Kuifkop door zijn microfoon. 'Op de boot, lekker vis, lekker drinken, lekker karaoke!! Echt lachen! Jij, Bob, jij gaat gaaf liedje voor ons zingen, ja?' De Japanners draaien zich naar mij om en beginnen te giechelen. '*No way*,' brom ik. Die platheid van de Vietnamezen! Het lijkt wel of die hele oorlog hun op geen enkele manier ook maar iets heeft bijgebracht. Of misschien ook wel, maar daar merk je als toerist geen flikker van. Kuifkop is natuurlijk al van de generatie die na de oorlog is geboren. Wat is hij? Twintig hoogstens. Totale onbenul. Mmm. Het verleden heeft allang plaatsgemaakt voor een nieuw sentiment: vooruitgang. Altijd maar die vooruitgang. De vrije markt. Je ziet het toch overal? Zelfs hier in het noordelijke deel van dit land, waar je overal met communistische leuzen wordt belaagd. Overal wordt troep verkocht. Bah. Ik snap het wel, hoor. Als ik jong was, zou ik het vast ook willen hebben. Maar het is zo'n rommel. Goedkope zonnebrillen, T-shirts, rugzakken, gympen. De mens is wat hij is. Gulzig.

Arme Evelyn. Ze zou zich doodgeschrokken zijn. Weg idealisme. De chaos van deze tijd, ze zou het niet meer vatten. Ik doe het al niet meer. En ik heb nog humor. Vind ik zelf. De Twin Towers doorboord.

Alweer een nieuwe strijd. Nu is het islam. Bullshit. Noord-Afrika? Ik was er. Prima volk. Indonesië. Niks aan de hand. Bullshit. Politici zijn sluw. Ze hebben een theorie nodig, een houvast waarmee ze de wereld kunnen indelen. God. Evelyn. Ik begin verdorie op haar te lijken.

Ik was zo gelukkig dat ik geen flikker uitvoerde. Ik wilde met Evelyn in bed liggen, de deur op slot. *Sure.* Maar ja. Dat ging natuurlijk niet. Zeker niet met al dat rumoer voor de deur. Het was volgens mij in oktober. Er liepen meer dan 250 000 mensen mee in een grote antioorlogsdemonstratie. Met zijn honderden bleven ze de hele nacht voor het Capitool staan zingen. Kaarsjes in hun handen. Evelyn en ik gingen ernaartoe. Haar idee. Natuurlijk. Altijd actie, altijd op pad. Dat was Evelyn. We schonken hete koffie. Dronken stiekem rode wijn uit een fles in een papieren zak. Man. Ze leek wel een puber. Rode wangen van opwinding. Haar blonde haar verstopt onder een blauw hoedje. Geweldig. Een maand later waren er een half miljoen mensen in de nationale vredesmars. Wij liepen ertussen. Gearmd over Pennsylvania Avenue naar het Witte Huis. Demonstranten droegen vlaggen van de Verenigde Naties en de Vietcong. Mensen zongen 'Give Peace a Chance'. Het klinkt bizar, maar ik was euforisch. Zoiets had ik nog nooit meegemaakt. Er was iets veranderd. Ik weet niet of ik het was of de wereld om mij heen.

'*Hey, watch out, will ya?*' De auto maakt opnieuw een slinger. Niet te geloven dit. Een enorme vrachtwagen dendert vanuit de andere richting rakelings langs ons busje. Ik moet hard lachen. Wat zijn het toch een gekken hier. Mila zit doodstil naast me. Ik zie dat ze van slag is. Ik vraag: '*Are you okay?*' Ze lacht, bijna verontschuldigend. Ze grijpt naar haar rugzak en grabbelt erin. Een portemonnee. Uit een doorschijnend vakje haalt ze een klein fotootje. Ze geeft het aan mij. '*This is Ola. She's five.*' Een ernstig meisje met witblond haar en grote blauwe ogen staart me aan. '*She's lovely,*' zeg ik en geef het kiekje terug. Ik begrijp het. '*You should take good care of her.*' Ze knikt. Ach ja. Ik ben maar een oude man. Mijn leven is niet veel waard. Ik bedoel, niemand heeft mij nodig. God, wat een vrijheid. Wat een totale vrijheid. Heerlijk. Alleen die neus van mij. Geuren. Dat mis ik enorm. Iedere dag. Nog steeds.

Dupont Circle. *French cuisine.* Mijn restaurant. Het werd een groot succes. Vooral in de herfst. Als het Congres weer in volle bedrijvigheid was en de ambtenaren tot laat in hun kantoren doorwerkten. Iedere avond de tent stampvol. Evelyn was in die periode meestal op tournee. Ik werkte me helemaal stuk. Biefstukken marineren, oesters openbreken, citroenen snijden. Twintig man in dienst. Ik kon thuiszitten als ik dat had gewild. De boel een beetje op afstand regelen. Maar ik werkte liever mee in de keuken. Kreeften in kokend water gooien, de parmezaan en ansjovis over de sla verdelen. Daar werd ik gelukkig van. Ik maakte bovendien een *bad ass clam chowder*. De beste. Ab-so-luut de beste van de stad. Mensen waren er dol op. Kapot kwam ik thuis, iedere avond. Doodop. Soms luisterde ik naar Bach voor het slapengaan. Het bracht me tot rust. Maar maakte me ook verdrietig. Weemoedig. Mijn oude wereld was zo ver weg. Missen deed ik het niet. Ik dacht nooit meer aan de piano. Het was Evelyn. Ik miste haar. Waar was ze? Ik zag haar steeds minder. Als ik weer alleen in bed lag, fantaseerde ik hoe haar vingers vliegensvlug over de hals van de viool bewogen. Het duurde meestal uren voordat ik in slaap viel. Mijn lichaam nog vol adrenaline. Ik pakte een kussen. Knelde het stevig vast. Ik deed mijn ogen dicht. Dan lagen we samen in bed. Dicht tegen elkaar aan, de adem ingehouden, de nacht buiten.

De chauffeur geeft het busje onverwacht weer een slinger. Met piepende remmen brengt hij het voertuig tot stilstand. '*Toilet time!*' roept Kuifkop. Ik kijk naar Mila. Ik moet naar de wc. Enorm. '*Can you help me?*' Ze lacht. '*Of course.*' Oef. Lastig omhoogkomen. Au! Verdorie! Nu doet mijn rug ook al pijn. Dit valt tegen. Ik vraag Mila of ze ziet waar de toiletten zijn. Ze helpt me. Engel. Wat een geduld heeft ze met mij. Dit verdien ik toch niet. Ouwe stinkerd. Aarrggh. Over stinken gesproken. Dit kan ik echt wel ruiken. De geur op dit toilet is niet te harden. Nou ja, toilet. Betonnen gat in de grond zal je bedoelen. Oef. Ik moet nodig. Gulp. Hup. Kom op. O boy. Moet ik weer wachten. Dit is zo vervelend. De eerste druppels komen pas na een halve minuut. Vroeger kon ik meteen een ferme straal tegen de achterwand van de wc-pot produceren. Echt. Ik voel me geen man meer. Een echte vent kan goed pissen. Zo is het gewoon. Dat ik geen erectie meer krijg, daar ben ik niet meer mee bezig. Al lang niet meer trouwens. Terwijl met Evelyn... *my God*... Het idee dat we het ooit niet meer zouden doen. Panisch van angst werd ik bij de gedachte. Het is raar. Maar ik vond haar mooi, wilde altijd. Zij niet. *Of course*. Te druk. Te moe. Of ze was er gewoon niet. Maar ja. Ik was ook te hard aan het werk. Eigenlijk gebeurde het gewoon niet meer. Maar wat doe je eraan? Ik hield van haar. Ik liet het maar zo.

Ik denk aan de bruine benen van Mila. Ik probeer de geur van witte rozen weer op te roepen. Moeilijk. Het zou fijn zijn als je een geur kon oproepen en ook echt weer ruiken. Ik zou kiezen voor kardemom, een opengesneden limoen, Evelyns zweet, haardvuur. Ah! De eerste druppels... Getverderrie! Het komt op mijn tenen. Recht in mijn sandalen. Nu dat weer. Ik ga wijdbeens staan en leun met mijn hand tegen de muur. Ik richt het dunne straaltje op het gat in de grond. Wat een zalige opluchting.

Waar is Mila? O, daar. Wat heeft ze daar staan? '*I bought you some water*,' zegt ze met een glimlach. Wat is ze toch een schoonheid. Ik heb toch maar weer geluk. '*There's coffee too*.' Ze wijst op een melkachtig goedje in een glas. Ik ga op een krukje tegenover haar zitten en neem een slok water. 'Ugh, het smaakt naar chloor!' Ik spuug het water weer terug in het flesje. Mila lacht. 'Dan komt het vast uit de kraan.' Ik ben benieuwd. Zal ik? Ja. Ik wil het weten. 'Is dit je eerste reis alleen?' vraag ik. Ze knikt en lacht opnieuw. Ze lijkt echt een beetje nerveus. Ze heeft mooie lijntjes rond haar mond. Als ze lacht krullen ze omhoog, tot halvemaantjes.

'Mijn vrouw is dood,' zeg ik. 'Waren jullie altijd samen?' vraagt ze. God. Wat moet ik zeggen? Ik zwijg. Er schieten ineens allerlei beelden langs. Evelyn met oud en nieuw, lachend met vrienden aan een lange tafel vol vieze borden en halfvolle glazen. Mussorgsky met zijn poten tegen de autodeur en zijn kop in de wind uit het raam van de blauwe Chevy Nova. Bloeiende kersenbomen langs de Potomac. Evelyn slapend op haar zij in ons bed, haar ronde buik als een halve cirkel onder het laken. De lange jonge arts in de gang van het ziekenhuis in Rome. Het zwart van een pupil. Het kleine houten kistje op het grasveld. Mijn trillende handen onder het eczeem. Mijn adem tegen het raam. Evelyn op het podium van de Opéra Bastille. Evelyn rennend door de sneeuw in Bretton

Woods. Haar vader John 's ochtends vroeg, plassend in de hoek van onze tuin. De witte handen van Evelyn waarmee ze haar gezicht verborgen houdt... O boy. Tja. Ik moet even... Ik sta op. Au. Mijn rug. Mijn been. Ik ga weer zitten. Mila kijkt me verbaasd aan. 'Ja,' zeg ik. 'Wat ja?' vraagt ze en ze lacht geamuseerd. 'Voor zover dat kan natuurlijk.' 'Wat?' vraagt ze. 'Samen zijn. Dat doe je meestal naast elkaar,' zeg ik. Ik grijns. 'Ik moest hard werken... Ik had een restaurant. Zij was musicus. Ze was vaak weg.' 'Wow. Dat klinkt geweldig,' zegt Mila. Ze kijkt oprecht geïnteresseerd. 'Hoe lang waren jullie getrouwd?' 'Zevenendertig jaar.' 'Goh.' Ze staart naar de tafel en veegt verstrooid met haar vinger een paar suikerkorreltjes naar de rand. Ze trekt haar schouders op. 'Ik heb het maar een paar jaar volgehouden.' Ze kijkt weer triest. Ik wil iets zeggen, iets zinvols... iets... nou ja, ik weet niet wat. Ik veeg het zweet van mijn voorhoofd met de mouw van mijn shirt. Opnieuw trekt een hevige pijn door mijn dijbeen. *Damn!* Het lijkt wel of het erger wordt. Ik word ook een beetje duizelig in mijn hoofd. Ik schuif het kopje koffie opzij en pak Mila's hand. 'Kom. Laten we de bus niet missen.' Ik laat haar hand los en sta moeizaam op. Ik voel haar blik. Ik grinnik. 'Kom. Help een oude man.' Ik zie hoe haar blik afdaalt naar mijn vieze, natte overhemd, naar mijn broekspijp vol natte vlekken, naar mijn vieze voeten die uit mijn sandalen steken. Ik zie hoe ze een glimlach onderdrukt.

In de bus is iedereen stil. De hitte is overweldigend. Mila dommelt weg. Haar hoofd zakt steeds omlaag, plukken haar hangen voor haar gezicht. Ik kijk naar het landschap. Mooi. Het wordt steeds groener. Ik zie ook al van die rare drakenruggen in het landschap. Glooiende bergen.

Gek. Als ik erover nadenk was het niet onverwacht. Het is er, het groeit en grijpt om zich heen. De dood is als een niet uitgebroed ei. Het vreet het lichaam op, van binnenuit, zodat iemand op het einde alleen nog maar uit omhulsel bestaat. Binnenin, ondanks die trotse buitenlaag die nog flauwe signalen van moed en doorzettingsvermogen afgeeft, schuilt de rot. De voortwoekerende cellen in haar borsten werden met chemokuren een tijdje in toom gehouden. Maar ik begreep het al snel. Je zag het gewoon. Als je in haar zou prikken, zou er zwarte, plakkerige troep uit haar sijpelen. Elke dag zag ik, als ik de trap af liep, in de woonkamer haar viool in de kist liggen... Er was haast niets meer van haar over toen ze stierf. Een hoopje botten met een gerimpelde huid. Twee doffe ogen die, verscholen in de donkere oogkassen, naar het niets staarden. Ik zie haar witte handen die ze voor haar gezicht houdt. Het beest was uitgebroken, de schaal kapot.

Haar mond is opengevallen. Een klein sliertje spuug sijpelt over haar kin. Hoe oud zou ze zijn?

Vijfendertig? Wow! Weer een ruk naar rechts. Iedereen gilt. Met een langgerekt getoeter haalt een vrachtwagen boordevol kippen ons zijdelings in. Veren en stof dwarrelen door de lucht. Ik moet lachen. Mila schrikt wakker. Ik kijk naar Hans. Hij houdt zijn twee duimen omhoog en grijnst. Ik moet onbedaarlijk lachen. De Japanners beginnen te giechelen. Ik kan nauwelijks ophouden. Dit is geniaal. Zo met het leven omgaan. Fantastisch. Laat het maar zo zijn. Dit is goed. Alles aan een zijden draadje. Au. Ik krijg pijn in mijn zij. Rustig nu. Even diep inademen. Getverderrie! Nu weer die steken in mijn been. Het wordt steeds heviger. Verdomme. Ik bal mijn vuisten, klem mijn kaken op elkaar. Au. Het is alsof iemand met een vlijmscherp mes in mijn been steekt. Dit was nou ook weer niet de bedoeling. Mila legt een hand op mijn schouder. Ik geef haar een knipoog.

We stoppen op een parkeerplaats. '*Everybody. Helloooo. We in Halong Bay now. Welcome, welcome!*' Kuifkop. Nog steeds even opgewekt. Pfff. Wat een energie. Nou goed. Niet zeuren. Uit de bus. Boy-o-boy. Wat staan hier veel toeristen. 'Mila!' Waar is ze? Ik kan dit niet alleen. 'Mila!' Gelukkig. Ik zie haar blonde hoofd. 'Mila!' Ze pakt mijn hand. 'Godzijdank, daar ben je. Sorry hoor... dit is me echt te veel.' Ze loodst me door de mensenmassa. Ik moet zwaar op haar leunen. Ik kan echt nauwelijks meer op mijn been staan. Ik sta stil. 'Wacht, roep Hans!'

hijg ik. Mila roept de Duitser. Samen helpen ze me, voetje voor voetje, over de glibberige kade. '*Okay Bob, now you really have to pay attention.*' Hans wijst op twee dunne planken die stutten op de kade en de reling van een sierlijk houten schip. O-boy-o-boy. Ik weet het niet hoor. Echt niet. Ik raak in paniek. Echt. Dit gebeurt me niet vaak. O-boy-o-boy. Ik voel mijn linkerbeen niet meer. Ik kan er niet meer op staan! Ai ai. Het is veranderd in een gevoelloze spons. Ik stap... o god... Ik vind dit echt eng. 'Hans! Laat me niet los!' Ik wankel op de plank. 'Mila! Ik ga vallen!' Ik tuimel voorover. Twee Vietnamezen vangen me op. Oef! Even bijkomen. Ik geneer me kapot. Nou. Rustig aan maar weer. Ze brengen me naar de kajuit. Er staan een paar keurig gedekte tafeltjes. Ik plof neer op een bankje. Mila en Hans gaan naast me zitten. '*Poor Bob,*' zegt Kuifkop. Hij slaat me op mijn schouder. '*You gonna sing for us. Yes?*'

We krijgen een maaltijd geserveerd. Loempia's, vis, rijst, gestoomde groenten, thee en cola. Ik heb een berehonger. Terwijl de boot begint te varen, schrok ik het voedsel naar binnen. Mila en Hans voeren een ingewikkeld gesprek met de dikke Chinese vrouw uit het busje. Ze blijkt enorm geïnteresseerd in weed en grote gezinnen. Ze schrijft meteen haar mailadres op een papiertje en geeft het aan Mila. Even later stopt de boot bij een vissersdorpje op een drijvend vlot. '*Everybody take picture. You have fifteen minutes!*' 'Ga je mee?' Mila kijkt me vragend aan. Ik schud mijn hoofd. '*Nope.*' Ze loopt met Hans naar buiten. Voordat ze van de boot af gaat, draait ze zich nog even om en zwaait. *Darling girl.* Ik zwaai terug. Ik ben alleen met Kuifkop. Hij begint meteen druk te klungelen aan een geluidsinstallatie. God, wat een herrie. Ik hijs me langzaam op en ga heel voorzichtig het kleine smalle houten trapje op naar de bovenverdieping van het schip. Vlak voor de kajuit, waar de schipper en een andere man in een hangmat liggen te dommelen, staat een klein houten bankje. Oef. Ik krijg het benauwd. Zitten. Ik leg mijn pijnlijke been boven op een krakkemikkig tafeltje en beweeg langzaam mijn tenen. Goed. Dat lukt nog. Ik kijk om me heen. *Holy crap.* De ronde bergen steken als zwijgzame reuzen boven het water uit. Prachtig. Overdonderend. Wat een intense rust. Het is nog steeds snikheet. Ik kijk omhoog. De lucht is betrokken. Alles is grauw. De zee heeft een diepe grijsgroene kleur gekregen. De contouren van sierlijke boten met oranje zeilen steken scherp af tegen de bewolkte hemel. Wat is het prachtig. Hoog, rond de bergtoppen, zie ik roofvogels rondcirkelen. Ze laten zich meedrijven op de luchtstromen. Onder mij begint de vloer door een zware beat zachtjes te trillen. Mijn hart schokt mee, zwak maar regelmatig.

Ik zie Evelyn voor me. Alleen op het podium, in haar rode concertjurk. Het blonde haar opgestoken.

Haar viool in de hand. Ik herinner me de fijne lijntjes naast haar ogen die scherp in haar huid snijden als ze lacht. Ik hoor haar voetstappen over de houten vloer van ons huis in Washington. Ik sluit mijn ogen. Ik voel haar naderen. Ik ruik de geur van haar huid, ik voel haar adem in mijn gezicht. Ik spreid mijn handen uit. Ik adem diep in en omhels haar.

Mister Marley

Telefoon. Alweer. Even aan zijn haar trekken. 'Douz! Stop!' schreeuw ik in zijn oor. Ik pak mijn *bortable*. Die hangt aan een koordje aan mijn nek. '*Allô, allô!* Ja, ja. We komen eraan. Jazeker. Van alles. Saffraan, koriander. Wat? Geen geld? Dan betaalt u mijn vader toch later? Baba is makkelijk. Hij heeft een groot hart. Komt u maar later, we wonen aan de rand van het witte huis, u weet wel.'

Ik stop mijn telefoon weer onder mijn hemd en geef Douz een klopje op zijn flank. Ik hou van dat holle stukje in zijn nek en van zijn pluizige oren. Als ik op zijn rug zit, houd ik ze even vast. Douz heeft grote, stevige oren met fijne haartjes aan de randen. Dan buig ik voorover en fluister zijn naam. 'Douz,' zeg ik. 'Douz, Douz!! Baba heeft je de naam van de stad hier vlakbij gegeven, zodat je harder rent. Kom op, Douz, we moeten onze vracht brengen naar de oude stad. Hup! Rennen met je pootjes, domme ezel!'

We brengen hooi en kruiden rond, Douz en ik, voor de geiten en ezels van de mensen in de nieuwe stad. Na school haal ik hem op bij zijn plekje aan het water, onder de palmen. Dan lopen we naar Baba, zijn voorraden liggen achter in de schuur. Als ik naar binnen ga zeg ik tegen Douz dat hij buiten moet blijven. Hij wil het hooi altijd opeten, suffe ezel. Ik zeg: 'Douz, niet doen! We krijgen hier geld voor. Dat moet niet in jouw maag. Sukkel!' Ik geef hem een klap op zijn billen. Soms sla ik hem met een stokje. Maar nooit hard. Als niemand kijkt, kus ik daarna zijn oren. En soms, heel soms, als ik hem 's avonds zijn hapje geef, dan leg ik mijn wang tegen zijn neus en streel ik zijn lippen. Die zijn nog zachter dan zijn oren, *éyi, mèshi,* ik hou van Douz. Hij is mijn ezeltje. *Bhími.*

Als we alles hebben rondgebracht, gaan Douz en ik naar de tombe van Sidi Bou. Hij is niet van hier, maar van Marokko. Baba heeft me uitgelegd dat Sidi Bou Ali lang geleden naar de Djerid kwam om de eerste dadelpalm te planten. Er was ruzie tussen de mensen, Ali probeerde het op te lossen, maar dat lukte niet. Volgens Baba is dat ook niet zo gek. Hij zegt: 'Als mensen boos zijn, zijn ze boos. Alleen zij kunnen beslissen wanneer een ruzie voorbij is. Niet iemand van buitenaf.' De mensen waren niet blij, maar Ali plantte die boom. Nu hebben we er 300 000, voor de hele stad. En dat is goed, want het zijn de mooiste palmen ter wereld. Dat zeg ik, Boubakr. Niet omdat Baba dat aan mij heeft verteld, maar omdat ik het vind. Ik heet Boubakr, genoemd naar de volgeling van de Profeet Mohammed, en ik zeg de dingen zoals ze zijn.

Daar gaat mijn telefoon weer. 'Hallo! Wie? Mijnheer Marley? *Ah, bonjour!* Ja, ja, dit is Boubakr. Nee, ik heb nog niet geoefend. Straks weer, bij Sidi Bou, *mèshi*? Nee, nee, ik zal echt mijn best doen. Drie liedjes. Goed, meneer Marley. *Stir it up!*' Mijn telefoon is het mooiste wat ik heb. En Douz natuurlijk. Ik heb mijn mobiel altijd bij mij. Altijd. Het moet wel, want ik kan ieder moment worden gebeld. Door klanten, door meneer Marley. Ik wil mijn *bortable* 's avonds ook omhouden, maar dat mag niet van Oummi. Mijn telefoon is zwart met zilver. Nokia. Ik kreeg hem vorig jaar. Van een oude man met dik wit haar en een vies hemd. Hij had blauwe ogen en haren op zijn neus en vieze tenen die uit zijn sandalen staken. Hij dronk drie Coca-Cola in het café op het plein bij de grote moskee en hij zei: '*Here. No need. For you.*'

Vandaag gaan Douz en ik maar even naar Sidi Bou. Het is fijn om daar te zitten. Pffffff. Het is nu zo warm dat ik niet weet wat ik moet doen. Mijn vader zegt dat het 's middags 48 graden is. Dan wil je lichaam niets meer. Dan ben ik het liefst bij de *zèwiyya*. Daar is het stil, het ligt vlak bij de oase. En de muren zijn koel. Bij ons in Nefta zijn wel honderd *zèwiyya*'s. Het zijn graven van heilige mannen. Ze liggen er al heel lang. Hun graven bezitten speciale krachten.

Bij de tombe van Sidi Bou is een bankje, daar zit ik vaak. Ik leun met mijn rug tegen de muur. Meestal voel ik dat hij er is. Sidi Bou. Als ik heel hard met mijn oor tegen de muur duw, dan hoor ik zijn stem fluisteren. Hij is mijn vriend, mijn Allah op aarde, hij vertelt me wat ik moet doen. Hij zegt dat ik lief moet zijn voor Oummi. Hij zegt dat ik mijn zusjes moet geven wat zij willen. Zij zijn nog klein. Ik kan dus beter nadenken. Sidi zegt dat ik elke dag mijn liedjes moet oefenen. Dan word ik als Bob Marley. Ja. Meneer Marley. Ik hou van hem. Heel veel. Ik draai elke avond zijn liedjes op mijn cassetterecorder, als Baba weg is en mijn zusjes slapen. Ik heb drie cassettebandjes, gekregen van mijn neef Galíel uit Tozeur. Als Galíel op bezoek is bij ons, dan zingt hij voor mij:

Am gonnabe iron lika lion in zion
Am gonnabe iron lika lion in zion

Dat is *In-glish.* En *li-on* betekent leeuw. Het zijn gekke woorden, maar het klinkt mooi.

'Weet je wel wie meneer Marley is?' vraagt Galíel aan mij als hij voor me heeft gezongen. Ik zeg altijd dat ik het niet weet, want dan vertelt hij opnieuw alles over meneer Marley. Dat vind ik fijn. Meneer Marley is dood. Maar toen hij leefde had hij heel lang haar en wel twaalf kinderen. Hij hield van kinderen, zegt Galíel. Dat voel ik. Ik denk dat hij me daarom zo vaak belt. Meneer Marley. Hij let op mij. Hij is mijn *wali*. Vroeger vond meneer Marley de keizer van Ethiopië aardig. Daarom zong hij veel over Afrika. Dat is volgens Galíel waarom wij van meneer Marley houden. Hij heeft me ook verteld dat meneer Marley op een dag pijn aan zijn teen kreeg. Toen werd hij ziek en ging dood. Dat vond ik zielig. 'En al zijn kinderen dan?' vroeg ik aan Galíel. 'Die waren verdrietig,' zei Galíel. 'Maar die luisteren, net als wij, naar zijn liedjes.'

Mijn neef zegt dat meneer Marley al zijn liedjes zingt in In-glish. Ik vraag altijd aan Galíel: waarom dan? Hij komt toch niet uit *Ing-land*? Galíel zegt dat meneer Marley van een eiland komt waar de mensen In-glish spreken. Het is een eiland waar alle mensen zwart zijn en de mannen lang haar hebben en *bi-lgda* kunnen voetballen. En hij zei dat de vader van meneer Marley uit Engeland kwam. Dat is ook een eiland. En dat meneer Marley daarom zo goed In-glish zingt.

Stop that train. Don't rock my boat.

Amerikanen spreken ook In-glish. En Australiërs. Al die mensen komen hier met de bus. Ze hebben het vaak verschrikkelijk warm. Dat is grappig. Hun hoofden zijn dik en rood en hun kleren vol zweet en dan willen ze allemaal dingen die ik niet begrijp.

Maar ik zeg gewoon *hello, hello* en *how are you* en *Zjorgz Bous is a bad man.*

Die woorden heb ik geleerd van de man met het witte haar op het plein. *Nokiaman.* Hij zei allemaal dingen tegen mijn vriend Muhammad, met wie ik aan het spelen was. Muhammad begrijpt In-glish. Nokiaman zei dat wij goede mensen waren. Hij zei dat hij zich schaamde voor zijn land. Dat hij er niet meer wil wonen: *A-me-ri-ca.* Niet nu die man had gewonnen. Dat het vals was. Ik denk dat hij het had over een voetbalwedstrijd. Hij zei ook dat *Zjorgz Bous* van alcohol houdt. En dat is slecht. Ik heb al die woorden later tegen Galíel herhaald. Hij moest lachen. Hij zei: '*Bien, Boubakr. C'est très cool!*' Galíel legde uit dat Zjorgz Bous een witte man is met geld. En dat zijn vader ook zo heet. Zijn vader lijkt op de duivel, omdat hij bommen heeft gegooid op *I-rak.* Dat is ook een land. Iedereen is daar dood. *A-me-ri-ca* is ver weg van hier. Ver weg. '*Et ça, c'est très cool!*' Die zin heeft Galíel mij geleerd. Als ik hem vraag wat het betekent, zegt hij: zeg het gewoon. In-glish is cool. *C'est très cool. C'est. Très.* Dat is Frans, dat ga ik ook op school leren. *Une, deux, très.*

Galíel zegt dat ik veel talen moet leren. Hij woont in Tozeur. Hij zegt dat Nefta klein is en dat ik daar later weg moet, omdat ik anders dom blijf. Galíel is cool. Hij draagt veel armbanden en rookt hasjiesj, net als meneer Marley. Hij speelt op de trommel met de Berbers en de *Afarika*. Galíel is de koning van de darboeka. Zijn vrienden komen uit Ethiopië. Hij heeft gezegd dat meneer Marley de grootste muzikant van de wereld is. Later word ik ook zo. Beroemd. Dan heb ik veel afspraken en moet ik reizen en speel ik overal en breng ik geluk. Misschien neem ik Douz wel mee.

Gisteren kwam Baba bij mijn bed zitten. Hij zei dat onze familie gezegend is. Hij zegt dat het ons goed gaat, omdat hij en oom Hbieb veertig *diglet* hebben, dat zijn de bomen met de beste dadels. Ze worden vingers van licht genoemd. Iedereen eet ze graag. Ze zijn zelfs zo lekker dat de eerste vrouw van onze president niet kon ophouden ze te eten. Daarom is ze nu dood en heeft de president een nieuwe vrouw.

Baba zegt dat ik over twee jaar mag helpen met het verkopen van onze dadels. 'Als je acht bent, Boubakr, dan maak ik je 's ochtends heel vroeg wakker. Dan moet je heel zachtjes zijn. Dan sluipen we het huis uit en gaan we naar de markt in Tozeur. Dan mag je zien waar de dadels heen gaan. Dan zie je mensen die uit andere landen komen. Dan neem ik je mee naar het koffiehuis. Maar nu nog niet, Boubakr, nu nog niet. Eerst gaan we een man van je maken. Wacht maar, kleintje, *ya wildi*.'

Hij was somber, gisteren. Baba waarschuwde me dat ik mijn best moest doen. Omdat de laatste jaren veel dingen veranderen. 'De wind die over de Djerid waait is droog,' zegt hij. 'Droger dan ooit.' De Corbeille, waar onze palmen staan, droogt langzamerhand uit. De beekjes die tussen de bomen stromen worden steeds smaller. 'Ze lijken op vrouwenharen,' zegt vader. Hij vertelde dat hij met de andere mannen nieuwe putten had geslagen. Dat ze dachten dat het goed was. Maar het is een vergissing. Het gewone water is verdwenen. De bomen hebben het moeilijk. De vruchten zijn kleiner.

'Het wordt steeds warmer,' zegt Baba. 'Daarom gebeuren er rare dingen. Soms zijn er overstromingen. Soms blijft de wind liggen. Geen drupje water uit de lucht. Allah waarschuwt ons. Er is iets wat wij niet goed doen, Boubakr. Als jij groot bent, zul je moeten vechten. Als een leeuw, mijn kleintje, als een leeuw. Daarom, ren nu maar lekker rond, nu er nog geen eelt onder je voeten zit.' Als Baba zo tegen me praat, gaan zijn ogen glinsteren als sterren. Als ik dat zie, duw ik zachtjes mijn hand op zijn voorhoofd. Dan geef ik hem een kus.

Het is 's avonds 38 graden. Als het zo heet is, gaat mijn vader weg. In de Corbeille is het koel. Daar is Allahs airconditioner: daar waait de wind. Ik moet heel stil in mijn bed liggen. Als ik mij te veel beweeg, val ik niet in slaap. Mijn vader heeft last van de hitte. In de zomer slaapt hij weinig. Hij gaat met zijn vrienden onder de palmen zitten. Hij neemt de restjes van ons avondeten mee. Kippenlevertjes, meloen, amandelen, brood met harissa en een kruik. Water, zegt Baba. Oummi heeft me verteld dat het palmwijn is. 'Maar dat is ons geheim, *daccourdo?*' Ze zegt dat vader doet alsof het water is. Hij wil dat ik een goede moslim word. En dat wil ik ook. Dus ik zeg niets.

Baba heeft de hadj nog niet gedaan. Als hij erover praat, wordt hij somber. Hij zegt: 'Ik rook te veel, ik ben niet gezond, ik heb te weinig geld, ik kan geen boernoes kopen, ik kan jullie niet zo achterlaten.' Op de muur in de woonkamer hangt een foto van de Heilige Ka'aba. In het begin van de tijd werd die door Adam gebouwd, zodat hij Allah kon aanbidden. Toen Mohammed de Profeet werd, heeft hij op die plek voor het eerst iets gezegd over de islam. Daarom moeten wij erheen. 'Op die plek begrijp je pas echt wat het is om moslim te zijn,' zegt vader. 'Daar kan je Allah voelen, in je ziel.'

Soms, als ik echt niet kan slapen en ik hoor de mannen buiten zingen in de Corbeille, denk ik aan Allah. Hij is groot en doorschijnend en heeft donkere ogen. Ze lijken een beetje op de ogen van Douz. Zijn hart klopt precies boven mijn bed. Hij heeft handen met lange vingers en als Hij ze beweegt, valt er goudstof uit de lucht. Allah kan iedereen zien. Hij kent al onze gedachten. Als ik aan Hem denk, houd ik mijn ogen stijf dicht. Ik ben bang dat ik Hem zal zien als ik mijn ogen opendoe. Ik beloof Hem dat ik goed zal zijn, dan vraag ik Hem: geef mij de stem van meneer Marley. *Min fadlik.* Alstublieft. Ik beloof Allah dat ik alle liedjes van meneer Marley zal oefenen. Ik zeg tegen Allah: laat mij beroemd worden. Laat mij geld verdienen zodat mijn vader de hadj kan maken. Ik weet, rijkdom is niet oké, maar heus, ik zal alles weggeven. Als ik dan heel hard mijn gebed heb gefluisterd en Allah heb gevraagd goed te zorgen voor Oummi, mijn zusjes en Douz, dan zing ik heel zachtjes mijn lievelingsliedje:

Yeah, we're – we're jammin' wotcha-wa
Wotcha-wa-wa-wa, we're jammin' wotcha-wa
See, I wanna jam it wid you
We're jammin', jammin', jammin', jammin'
I'm jammed: I hope yur jammin' too.

Vandaag is een rotdag. Ik zit bij Sidi Bou. Niemand belt me. Ook meneer Marley niet. Ik durf niet naar huis. Vanochtend was ik te laat op school. De leraar was boos. Ik moest twintig strafregels schrijven en een uur nablijven. Douz was ongeduldig toen ik bij hem kwam. Hij snoof door zijn neusgaten. Hij had met zijn sterke nek de haak aan de boom bijna losgetrokken. Ik ging naar Baba om hooi te halen. Hij vroeg waarom ik zo laat was. Ik vertelde over school en de strafregels. Toen moest hij lachen. Hij nam mijn hoofd tussen zijn handen en gaf me een kus op mijn voorhoofd. Maar ik bleef boos. Baba zei dat ik maar een bestelling moest brengen naar mevrouw Gmier, in de nieuwe stad, en daarna snel naar huis moest gaan. Oummi maakt vandaag *shorba friek*, mijn lievelingssoep.

Mevrouw Gmier was boos omdat ik laat was. '*Ayb!*' gilde ze met hoge stem. 'Het is een schande!' Ze riep dat de geiten honger hadden en dat ik geen geld kreeg. Als mevrouw Gmier boos is, lijkt ze op een *sahhara*, een heks. Ze is oud, ze ziet niet goed. Haar man is al jaren dood en ze heeft nog maar twee tanden in haar mond. Vader zegt dat ze arm is. Ik moest de balen achter in de schuur leggen, hoog op de planken, zodat de geiten er niet bij konden. Dat was zwaar. Het was vreselijk heet en ik moest alles boven mijn hoofd tillen. Ik werd er moe van. Ik vroeg mevrouw Gmier of ik even mocht zitten. Dat vond ze goed, maar ik kreeg niets te drinken. Ik zei dat ze moest betalen, omdat Baba anders boos zou worden. Ze zei dat ze het me niet gaf. Ze noemde me een *bgyl*, een luiwammes, en *gaieb*. Dat vond ik gemeen. Ik zei dat ik er niks aan kon doen dat ik zo laat was, omdat ik moest nablijven op school. Maar mevrouw Gmier zei: 'Kan me niet schelen. *Barra!*'

Ze liep naar achteren om haar geiten eten te geven. Toen heb ik iets gedaan wat ik nog nooit had gedaan. Ik heb een muntje gepakt uit het potje dat ze onder haar aanrecht verborgen houdt. Ik ging op de rug van Douz zitten en duwde mijn benen in zijn flanken.

Terwijl we reden, fluisterde ik in zijn oortje: 'We hebben haar mooi te pakken! *Azouza gaiba!* Rotwijf!'

En nu zit ik dus hier. Ik heb Douz zo hard laten lopen dat hij moest hijgen. Mijn lieve ezeltje is helemaal nat op zijn rug. Pffff. Het is zo heet. Er zitten kleine druppeltjes op mijn neus. Ik duw mijn oor tegen de koele muur van het graf. Ik pak het geld uit mijn broekzak. Ik beweeg het in de palm van mijn hand. De zon schijnt erop. Een gouden straal schiet over de grond. Mijn muntje glinstert en gloeit in mijn handpalm. Ik heb een stuk goud gestolen!

Ineens de stem van Sidi Bou. Hij zegt: 'Wat heb je gedaan, Boubakr? Denk maar niet dat het oog van Allah jou niet heeft gezien. Hoe durf je! Stelen van een oude vrouw. Je moet juist geven aan de armen. Denk aan de *zakèt*. Niet nemen! Geven! Denk je, Boubakr, dat meneer Marley ooit iets heeft gestolen! Tuurlijk niet! Hij is een heilig man, net als ik. Een *sidi*! Hoor je me!' Ik stop de munt diep in mijn zak en ga vlug op de rug van Douz zitten. Ik duw mijn hielen in zijn flanken. 'Snel, Douz! Snel! Weg van hier! Hup, Douz, naar je boom!' We rijden naar de oase en ik bind mijn ezeltje vast aan de haak van de palm. Ik kijk om me heen. Er is niemand. Ik graaf een gat in de grond, vlak naast de palm, en stop het goudstuk van mevrouw Gmier erin. Ik maak het gat dicht en leg er een klein wit steentje op. Daarna geef ik Douz een kusje en ren naar huis.

Oummi staat in de keuken boven een dampende pot *shorba*. Mijn zusjes spelen in de hoek van de kamer. Ze roepen mijn naam als ik binnenkom, maar ik zeg niks. Ik ga aan tafel zitten en eet wel drie borden. De soep helpt niet. Ik heb een grote knoop in mijn maag.

Ik sta midden in Chott el-Djerid, het opgedroogde zoutmeer vlak bij onze stad. Overal om mij heen is zand, alleen maar zand en lucht. Ik zie het verschil niet tussen de aarde en de hemel. Er is geen horizon, geen grens. Alles is strak, er is geen rimpel in het zand, geen wolk in de lucht. De sterren schitteren en de maan is enorm. Alles om mij heen is blauwwit. Ik kijk naar mijn handen, mijn armen, mijn benen. Ik geef licht, net als het zand om mij heen, net als de sterren. We schitteren, samen, en er is geen verschil meer. Ik sta, maar ik kan ook zweven. Ik heb een lichaam, maar het is er eigenlijk niet meer. Het is niet anders dan de wereld om mij heen. Alles is. Alles is. En ik ben.

Ik doe mijn ogen open. Het is midden in de nacht. Het blauwwitte licht van de maan schijnt op mijn laken. Mijn tenen steken eronder uit. Ik roep Oummi. Ze komt en houdt me vast. Haar lange haar is los. Het ruikt naar jasmijn. Het is fijn om tegen haar aan te zitten. Ik ruik de slaap in haar nachtjurk. Ze noemt mij 'amandeltje' en trekt zachtjes aan mijn haar. 'Je hebt de mooiste krullen van de wereld,' zegt ze. Ik vertel haar dat ik heb gedroomd dat ik alleen was, midden in Chott el-Djerid. Ze zegt: 'Het is maar een droom, *habibi*. Maar beloof me: ga er nooit alleen naartoe.' Oummi zegt dat er mensen en dieren zijn gestorven in Chott el-Djerid. 'Als je daar loopt, raak je alles kwijt. Je krijgt dorst, je wilt drinken, maar dat gaat niet, dan ga je dingen zien die er niet zijn. Je verliest je gedachten, je geheugen. En dan weet je niet meer hoe je naar huis moet komen. Het is gevaarlijk daar. Zout is wat overblijft als al het andere dood is.'

De volgende ochtend ben ik vroeg wakker. Ik voel me nog steeds niet goed. Oummi vraagt: 'Wat is er met je, Boubakr? Ben je moe? Komt het door je nare droom?' Ik moet bijna huilen. Ik wil mijn moeder alles vertellen. Over mevrouw Gmier. Over het goudstuk. Maar ik denk: als ik Oummi vertel wat ik heb gedaan, dan zegt ze het tegen vader. Dan wordt hij boos en krijg ik straf. Ik durf het niet te zeggen.

Ik loop naar school. Er komt een plan in mijn hoofd op. Ik denk: ik breng het goud terug. Ik haal Douz en we gaan samen terug naar mevrouw Gmier. En als ze niet oplet, dan sluip ik naar binnen en leg het goudstuk weer in de pot. Daarna ga ik naar Sidi Bou en vertel hem dat ik het heb goedgemaakt. Ik vertel hem dat ik een goede moslim ben. Dan zal hij mij geloven en zeggen: *mèshi*, Boubakr. Rustig maar. Ik maak van jou een Bob Marley. Dan is mijn hart weer rustig.

Na school loop ik naar Douz. Ik voel me goed. De knoop in mijn buik is verdwenen. Ik ben blij. Ik begin harder te lopen. Steeds drie stappen, dan rust, dan weer drie stappen, weer rust, drie stappen en een sprong. Mijn voetstappen op de grond volgen de woorden in mijn hoofd:

Koed joe be – koed joe be – koed joe be loved?
Koed joe be – koed joe be – koed joe be loved?
Koed joe be – koed joe be – koed joe be loved?

Ik schrik als ik bij mijn palmboom aankom. Douz is weg! Ook het touw is verdwenen en zijn drinkbak staat er niet meer. Mijn adem stokt. Ik kan me niet bewegen. Waar is hij? Heeft mevrouw Gmier hem soms gestolen? Uit wraak? Ik kijk om me heen. Geen Douz. Ik roep hem. Geen Douz. Ik zie alleen nog de afdrukken van zijn hoefjes in het zand. Het witte steentje ligt er nog wel. Ik pak het op en graaf met mijn handen een kuil in de grond. Het muntstuk is er nog. Ik stop het in mijn zak en ren naar de schuur.

Vader staat met oom Hbieb een auto te repareren. 'Douz! Douz!!' gil ik. De tranen rollen over mijn wangen. 'Douz is gestolen! Baba, help me!' Vader pakt me vast en tilt me op. Hij geeft me een kus en zegt dat ik stil moet zijn. Dan zet hij me neer en kijkt me ernstig aan. 'Ik heb Douz verkocht, Boubakr. Aan meneer Aziz van de stoffenwinkel.' Ik kan het niet geloven. Mijn Douz. Weg? Gaat meneer Aziz voor mijn ezeltje zorgen? Maar dat kan niet! Niemand begrijpt Douz zo goed als ik! 'Nee! Nee!!!' Vader kijkt me droevig aan. Hij zegt: 'Zoon. *Ya wildi!* Ik doe dit voor jou. We hebben het geld nodig. Het is voor jou, Boubakr. Je hoeft nu geen hooi meer rond te brengen. Dat is toch fijn?' Ik huil. 'Nee, nee... niet Douz, niet mijn ezeltje. Het is mijn ezel! *Bhími! Bhíííími.*' Ik begin tegen de benen van mijn vader te schoppen. Heel hard, zo hard als ik kan.

Baba geeft me een tik en grijpt me vast bij mijn polsen. 'Boubakr! Stop! Genoeg! Nu moet je luisteren!' Hij zegt dat hij me begrijpt. Dat hij ook pijn heeft. 'Maar soms moet je kiezen. Dat heb ik nu gedaan. Voor jou. Je bent al zo oud, *wildi*. Het wordt tijd voor je grote dag.' Baba zegt dat er meer jongens in Nefta zijn zoals ik. En dat hij met de andere vaders heeft afgesproken dat over een week de dokter komt. En het orkest. Hij veegt de tranen van mijn gezicht en zegt: 'Over zeven dagen, Boubakr, dan begrijp je het. En als ik weer genoeg geld heb, krijg je een ander ezeltje.'

Vader laat me los. Ik ren weg. Ik begrijp niet goed waar hij het over had. Denkt hij soms dat ik ziek ben? Omdat ik een dief ben? Komt de dokter het kwaad uit mij slaan? Is de muziek er zodat de buren het niet zullen horen? Moet ik misschien zingen? Ik ren door de Corbeille en huil. Ik denk aan Douz. Zal ik dan nooit meer zijn oren aaien? En zijn neus aanraken? Ik huil en huil. Ik kan niet meer stoppen. Ik val op de grond en zie donkerrode druppels op het zand vallen. Mijn neus bloedt van woede.

Dit is mijn straf, denk ik. Sidi Bou straft mij. Ik pak de munt en kijk ernaar. In de schaduw ziet het goudstuk er dof uit. Ik bal mijn hand en gooi het weg, zo ver als ik kan. '*Mella azóuza gaiba!* Stomme heks!' gil ik. 'Ik breng je geld nooit meer terug! Nooit!' Ik veeg met mijn mouw het bloed van mijn gezicht. Daarna vouw ik mezelf op onder de boom en doe mijn ogen dicht. Ik zie Douz voor me, met zijn lieve grote ogen. Ik sla mijn armen rond mijn knieën en huil zachtjes, net zo lang tot mijn tranen op zijn.

Ik voel armen om me heen. Ik doe mijn ogen open. Het is pikdonker. Ik kijk in het gezicht van oom Hbieb. Hij tilt me op. Vader staat achter hem. Hij kijkt bezorgd, een beetje boos ook. Hij schudt met zijn hoofd en fluistert zachtjes. 'Ai, ai, *habibi*, we hebben overal naar je gezocht, *wildi*. Wat doe je jezelf toch aan? Oummi is doodongerust.' Hij pakt me zachtjes over van oom Hbieb en neemt me in zijn armen. 'Boubakr,' zegt hij en kijkt me ernstig aan. 'Een man loopt niet weg van zijn familie, begrepen!' Ik knik zachtjes en leg mijn hoofd tegen zijn schouder. Zwijgend loopt hij door de palmen naar huis. Vlak voordat we de deur in gaan vraag ik: 'Ben je boos?'

Baba schudt zijn hoofd. 'Nee, jongen. De Koran zegt: wie een zonde begaat, begaat deze slechts jegens zijn eigen ziel.' Ik geef hem een kus in zijn nek en knel mijn armen om hem heen.

Ik doe mijn ogen open. Vlekjes licht schitteren op de muur. De ochtendzon danst door de kieren van de luiken naar binnen. Ineens springt er een beest door mijn lijf. Het is zaterdag! Er komen gasten. Morgen is mijn grote dag! Het is vroeg. Alles in huis is nog stil. Oummi zei dat ik lang moest slapen, maar nu ik mijn ogen open heb en begin te denken, kan ik het niet meer. Ik kijk naar de trillende lichtpuntjes op de muur en luister naar de geluiden buiten. Een brommertje rijdt langs, ik hoor twee stemmen die steeds harder worden en weer verdwijnen, dan hoor ik een ezeltje balken.

Ik spring op en ren naar het raam en duw het luik open. Ik kijk naar de straat en de bomen aan de overkant, maar ik zie niks. 'Douz, Douz!' fluister ik zachtjes. Maar nergens staat mijn ezeltje. Ik mocht van Baba niet naar meneer Aziz om Douz gedag te zeggen. Hij zei: 'Het is maar een ezeltje, Boubakr. Je moet je tranen bewaren voor de grote dingen.' Ik durfde niets terug te zeggen. Ik heb ook niet verteld dat ik 's avonds steeds moet huilen in bed. Dat doe ik als ik denk aan zijn oren en zijn neus. En aan Allahs ogen.

’s Middags rijden we met de hele familie naar het huis van oom Hbieb. Hij heeft een groot huis in het centrum van de stad. Als we aankomen zijn er een heleboel auto’s en mensen. Ik zie mijn opa en mijn ooms en de vrienden van mijn vader. Bij een oude rode Mercedes zie ik Galíel staan. Ik juich, spring uit de auto en ren naar hem toe. ‘Boubakr! *Mon ami! Sahbi! Ça va?*’ Hij kust mijn voorhoofd en ik spring om hem heen. Ik trek aan zijn hemd. ‘Heb je je darboeka mee? Speel je met het orkest? Komt meneer Marley?’ Ik ontplof haast van blijdschap. Galíel moet lachen. Hij probeert me tot bedaren te brengen. Hij zegt: ‘Ik neem mijn trommel altijd mee, neefje. Maar vandaag blijf ik buiten de poort van het huis. Jij mag naar binnen, feestvieren met de vrouwen.’ Galíel geeft me een klap in mijn nek en Oummi pakt mijn hand. Samen met mijn zusjes lopen we naar binnen. Ik adem diep in. De binnenplaats van het huis is ondoordringbaar, overal zijn vrouwen en kinderen. Ik zie mijn neefjes en nichtjes, kinderen uit de buurt en ook kinderen die ik niet ken. Iedereen draagt mooie kleding, met veel kleuren, sjaals dwarrelen rond, de vrouwen hebben hun haar los, ik ruik parfum. Het is heerlijk. Ik ren rond, ik speel tikkertje, verschuil me achter dikke jurken, eet van de schalen met dadels, abrikozen en koekjes. Iedereen is lief en lacht en geeft mij dikke zoenen op mijn wang.

Ik ontmoet een jongen met een kaal hoofd en twee

halve voortanden in zijn mond. Hij heet Youssef. Hij kan heel hard rennen. Samen spelen we verstoppertje. Als hij mij onder de tafel heeft gevonden, komt hij naast me zitten. Hij trekt aan mijn hemd en zegt: 'Heb jij nog een lange *zibb*? Mag ik het zien?' Ik geef hem een stomp en kruip onder de tafel vandaan.

Later op de avond gaan de gasten in een grote cirkel zitten. Er wordt muziek gedraaid, ik hoor de donkere stem van Oum Kalsoum. De kinderen rennen door de kring. Sommige gasten staan op en beginnen te dansen. Mijn moeder ook. Ze heeft een lichtpaarse jurk aan, haar handen zijn versierd met henna, ze wiegt met haar heupen en draait rondjes met haar handen. Ze gooit haar haren in haar nek en lacht. Af en toe rolt er een *tzaghríta* uit haar mond. *Heloulouloulouloulou!!!* De andere vrouwen volgen met hun stemmen haar vreugdekreet. Ik kijk naar haar. Zo heb ik Oummi nog nooit gezien. Ik vind haar mooi. Samen met mijn zusjes dansen we om haar heen. De gasten klappen op de muziek. Ik spring op en neer. En dan, ineens, hoor ik uit de luidsprekers een *ta-dake-ta-dake-ta-dake* op een gitaar, ik hoor drums, het geluid van een rare grote bromvlieg en dan... de stem van meneer Marley. Hij zingt:

Comonen stirrit up
littul darlin

Stirrit up
Comon baby

Ik spring op en neer, ik draai om mijn as. Ik gil, ik juich, ik vlieg. Alles is goed. Als het lied is afgelopen, klim ik met een paar andere jongens via een ladder op het dak. Ik kijk naar de sterren en roep heel hard: 'Dank je, Sidi Bou! In de naam van Allah, de Barmhartige, de Genadevolle. *Aisjik*. Dit is het beste feest dat ik ooit heb gehad!'

Ik slaap in het bed van mijn tante Selwa. Ik word laat wakker. Ik ben moe. Om mij heen hoor ik geluiden. Ik kijk door het raam van de slaapkamer. Op de binnenplaats lopen vrouwen heen en weer. Ze ruimen de tafels af, lopen rond met pannen en schalen, vegen de vloer aan. Tante Selwa komt binnen met een schaal vol mandarijntjes en abrikozen. Ze komt naast me op bed zitten en geeft me hapjes. 'Je moet goed rusten, Boubakr, blijf maar fijn in de kamer. Straks kom ik terug met Oummi om je aan te kleden.' Ik vraag haar naar vader. En of de dokter vandaag komt. En of het nog steeds feest is of dat ik dan vandaag ziek ben. 'Je bent niet ziek, *ya habibi*,' zegt tante. Ze moet een beetje lachen. 'Vandaag word je een leeuw.' Ze trekt aan mijn krullen. 'Komt het orkest?' vraag ik. 'Jazeker, *habibi*, ze komen speciaal voor jou spelen.' Als ze weg is, duw ik mijn vuisten tegen mijn wangen. Ik rol op mijn rug heen en weer. Ik weet het zeker: vandaag word ik muzikant. Daarom is mijn neef hier. Ik word de nieuwe meneer Marley!

Ik val weer in slaap en een paar uur later komt moeder binnen. Ze heeft een schaar en een witte *djellaba* in haar handen. De stof glinstert, ik zie dat hij is versierd met fijne borduursels. Oummi geeft me een kus. Ze zegt dat ik stil moet zitten. Ze pakt de schaar en knipt mijn krullen af. Ze vallen om me heen op de grond. Overal kleine donkere cirkeltjes op de blauwe tegels. 'Het is niet erg,' zegt ze. 'Het groeit wel weer terug.' Ze zegt dat ik mijn handen moet uitsteken en trekt de jurk over mijn schouders. Dan pakt ze uit een doos een rode *shashiyya* waar met gouden glitters het woord *Allah* op is geplakt. Ze zet de hoed op mijn hoofd en duwt me voor de spiegel. Ik kijk. Ik zie mezelf. Ik ben zo mooi als een ster.

Dan duwt ze me naar buiten. Het zonlicht is fel. Op de binnenplaats slaken vrouwen de *tzaghríta*. Ze klappen, ik voel me ineens niet zo fijn en loop, vlak achter Oummi, het huis uit. Daar zie ik mijn vader staan. Samen met Galíel en oom Hbieb staat hij naast een oude auto een sigaretje te roken. Ik kijk om me heen en zie nog veel meer rokende mannen en mooie vrouwen in kleurige jurken. De nauwe straat bij het huis is verstopt door tientallen auto's.

Op een pick-up achter in de straat zit een man met een tamboerijn en een trommel. Ze beginnen: *Takatakaboem, takatakaboem, takatakaboem*. Ik voel het ritme trillen in mijn maag. Een derde man begint te blazen op een riet. Baba loopt naar voren en pakt me op. Hij houdt me heel hoog en lacht trots. De mannen om hem heen beginnen te klappen en te roepen. Dan loopt vader met oom Hbieb en mij naar onze auto aan het begin van de straat. Galíel zwaait naar mij en houdt zijn duimen omhoog. Hij zegt iets wat ik niet kan verstaan. Maar het is vast goed, want hij kijkt blij.

Baba zet mij voorin en start de motor. Achter ons gaan de mannen ook in hun auto's. De muzikanten in de pick-up rijden vlak naast ons. De muziek is hard. We rijden door de straten. Overal staan mannen en vrouwen. Ze zwaaien. Af en toe stoppen we. Ik zie jongetjes die er net zo uitzien als ik. Ze verdwijnen in auto's die in onze stoet meegaan. Ik zit tussen vader en oom Hbieb in. Ze praten druk, steken elkaars sigaretten aan en geven me af en toe een klop op mijn rug. Ik heb het warm. Heel warm. Ik kijk naar de muzikanten. De rietblazer houdt niet op met spelen, geen seconde, hij ademt in cirkels, en hoewel zijn hoofd rood is aangelopen, gaat hij onophoudelijk door. Ik wieg zachtjes met mijn hoofd, we rijden en rijden en de muziek gaat maar door in cirkels en cirkels. Ik word er duizelig van.

We rijden de straten door richting mijn eigen huis en dan gaan we, op een zandweg langs de palmen, naar de tombe van Sidi Bou. Ik schrik. Zou Ali nog boos op me zijn? Ik verstijf, maar vader geeft me een klopje op mijn rug en duwt me uit de auto. Samen met drie andere jongens gaan we de witte graftombe binnen. Ik ben bang, ik ben nog nooit zo dicht bij Sidi Bou geweest. Ik heb hem nog nooit in de grond zien liggen. Zou hij weer tegen me gaan praten?

Binnen is het stil en koel. Ik zie Sidi Bou nergens. Maar mijn vader zegt dat ik op mijn knieën moet gaan zitten met mijn neus op de grond. Ik kniel, de jongens doen hetzelfde. Dan vraagt Baba met luide stem aan de heilige om hem vandaag bij te staan en om mij en de andere jongens een voorspoedig leven te schenken. Als we opstaan smeert een man bij de ingang van de deur met een stokje zwarte poeder in onze ogen. Ik moet ervan knipperen en een beetje huilen. Vader veegt wat poeder op mijn voorhoofd. Dan lopen we weer naar buiten. De muzikanten spelen nog steeds. De mensen zingen *la illaha illa 'llah wa mouhammad rasoul allah* en klappen in hun handen. Ik sta met de andere jongens in de felle zon. Mijn ogen prikken. Vader duwt me zachtjes naar de auto. Ik loop. Alles draait. Ik kan niet goed meer nadenken.

Opnieuw start iedereen de motor. We rijden straat in, straat uit, dezelfde weg weer terug, maken nog een rondje over het plein bij de grote moskee. Dan stoppen we weer voor het huis van oom Hbieb. Ik heb het nog steeds heel warm. De andere jongens zijn verdwenen. Ik word uit de auto gedragen, de poort door, de binnenplaats op.

Ineens heb ik het gevoel alsof het feest zomaar is afgelopen. De warmte sluit me in. De wind gaat nooit meer waaien. Ik weet niet of ik moet lachen of huilen. Dan vult het huis zich opnieuw, ik word weer opgetild. Ik zie dat mannen en vrouwen ook op het dak klimmen om naar mij te kunnen kijken. Ik word naar de woonkamer gedragen en op een tafel gelegd. Uit een kast pakt een man twee ventilatoren, ik zie mijn beide oma's met beddengoed het zijkamertje in wandelen. Ik hoor de muzikanten buiten nog steeds spelen. Dan zie ik Galíel. Hij zwaait naar me en begint samen met vier andere mannen in een hoekje op trommels en tamboerijnen te spelen. Ik wil van de tafel af, naar hem toe, maar oom Hbieb houdt me tegen. Galíel heft samen met de mannen een lied aan; steeds sneller, steeds luider. Ik lach en roep naar hem: '*I'm gonna be iron like a lion in Zion! I am the Zion lion!!*'

Het wordt steeds voller in de kamer. Ik moet gaan liggen. Het is vreselijk warm. Het zweet loopt over mijn gezicht. Overal zie ik mannen. Galíel en de muzikanten zingen steeds harder. Dan wijkt iedereen in de kamer ineens uiteen. Een man met een grote witte tulband om zijn hoofd komt binnen. Hij lijkt op een *álim*. Een belangrijk man, een tovenaar. Ik zit op tafel en de man haalt een paar witte doeken, een flesje en een paar tangen en klemmen uit zijn tas.

Dan knikt hij naar Baba. Ik kijk mijn vader vragend aan en sla mijn armen strak om hem heen. 'Het is goed, jongen,' zegt hij zacht.

Ik moet van de tovenaar mijn broek uittrekken en gaan liggen. Dan buigen vader en drie mannen zich over mij heen en pakken me vast. Ik word ineens koud van angst. Alles draait om me heen. Ik zie hoe de man een grote klem pakt en op mijn *zibb* zet. 'Nee!' gil ik en kijk mijn vader aan. 'Nee!' Maar Baba kijkt heel rustig naar mij en zegt: 'Het is goed, jongen, het is goed.' Dan zie ik iets zilvers blinken in de handen van de dokter. Ik heb tranen in mijn ogen en kan niet goed zien wat het is. Maar ik ben bang. Heel erg bang. Ik wil niet meer zien. Ik wil niet weten wat er gebeurt. Ik wil mijn handen voor mijn ogen houden. Maar het gaat niet.

Snip

Buiten zwellen de *tzaghrita* aan. Snoepjes worden vanaf het dak op de binnenplaats gesmeten. Ik huil. Er is een verschrikkelijke brand tussen mijn benen. Ik zie bloed op de tafel, de witte doeken worden tussen mijn benen gestopt. Ik word naar de aangrenzende kamer gedragen. Daar ligt mijn oma met een grote waaier op het bed. Ik kerm zachtjes en word in haar schoot gelegd. Dan komen de gasten een voor een de kamer binnen. Ze stoppen geld in een potje dat naast oma op het bed ligt. In een boekje schrijft Oummi telkens het bedrag op. Oma lacht en wuift me koelte toe. Ik probeer ook te lachen, maar het lukt niet. Alles doet pijn, zo'n pijn, zo'n pijn. Ik denk aan meneer Marley en vraag me af hoe hij zich voelde toen ze zijn *zibb* afknipten. Wist hij toen ook dat hij heel beroemd ging worden? En zou het evenveel pijn hebben gedaan als de pijn in zijn teen? Ik sluit mijn ogen. Als ik ze opendoe, staat Galíel voor me. Hij buigt zich voorover en aait over mijn wang. Hij zingt zachtjes een liedje voor me. Ik ken de melodie en terwijl ik mijn ogen sluit, luister ik naar zijn stem:

Don worry
abouta ting,
cos evri littul ting
iz gonna be alrait

Dankwoord

Dank aan Sander Donkers en Hannah Donkers, Deborah Klumperbeek, Arnoud Bruning, Amy Poon, Bruce Silverglade, Maaike Voorhoeve, Goran Baba Ali, Tim Ayres, Stanley Greene, Modeste Breukers en aan Door Hollak-Nuse voor je kracht en diepe overtuiging dat je altijd moet blijven groeien.